文春文庫

孫六兼元

酔いどれ小籐次（五）決定版

佐伯泰英

文藝春秋

目次

主な登場人物

赤目《あかめ》小《こ》籐次《とうじ》　元豊後森藩江戸下屋敷の厩番。藩主の恥辱を雪ぐため藩を辞し、大名四家の大名行列を襲って御鑓先を奪い取る騒ぎを起こす（御鑓拝借）。来島水軍流の達人にして、無類の酒好き

久留《くる》島通嘉《しまみちひろ》　豊後森藩藩主

久慈屋昌右衛門　芝口橋北詰めに店を構える紙問屋の主

観右衛門　久慈屋の大番頭

浩介　久慈屋の手代

国三　久慈屋の小僧

秀次　南町奉行所の岡っ引き。難波橋の親分

新兵衛　久慈屋の家作である長屋の差配

お麻　新兵衛の娘。亭主は錺職人の桂三郎、娘はお夕

勝五郎　新兵衛長屋に暮らす、小籐次の隣人。読売屋の下請け版木職人。女房はおきみ

うづ　平井村から舟で深川蛤町裏河岸に通う野菜売り

おりょう　大身旗本、水野監物の下屋敷奥女中。歌人・北村季吟の血筋

西東正継　芝神明大宮司

山野平頼母　麹町にて天流道場を開く剣客

香恵　山野平頼母の次女。小太刀の腕前は男勝り

徳川斉脩　水戸藩藩主

戸田忠春　水戸藩江戸家老

太田拾右衛門　水戸藩小姓頭

宗達　高尾山薬王院有喜寺貫首

孫六兼元

酔いどれ小籐次(五)決定版

第一章　宝剣雨斬丸

一

「はなびらが一つふたつ……」

「……はなびらが二つ……」

「爺ちゃん、はなびらが一つふたつ、なの」

どこからともなく桜の花びらが新兵衛長屋の木戸口に舞い散ってきた。それを新兵衛と孫のお夕が掌《てのひら》で受け止めながら歌っていた。

二人とも無心にその遊びに熱中していた。

笑い声が時折洩《も》れた。

お夕は三歳になったばかり、遊びに夢中なのは傍目にも理解がついた。新兵衛は隠居とよばれる年頃だ。だが、近年とみに惚《ぼ》けが進行して長屋の差配どころではなくなった。己《おのれ》がだれか、住まいがどこかさえ忘れて町内を徘徊《はいかい》し、過日には品川宿まで遠出する騒ぎを起こした。

そこで娘のお麻が亭主の桂三郎とお夕を連れて、新兵衛長屋に戻って一緒に住むことになった。

長屋の持ち主の久慈屋《くじや》が許したのだ。新兵衛が勤めていた大家の御用をお麻がやり、居職《いじよく》の錺《かざり》職人の亭主が手伝うということで話が決まった。

そんなわけで一人住まいだった新兵衛の家に三人の家族が加わり、賑《にぎ》やかになった。だが、それで安心したわけでもあるまいが、新兵衛の惚けがさらに進行し、ときにお夕よりも童心に返った言動をなした。

今日も半刻（一時間）以上、花びらを拾い集める遊びと歌に夢中になっていた。

「白髪の子供が一人増えてさ、お麻ちゃんも気苦労だねえ」

井戸端からちらりと見た女衆《おんなし》が呟《つぶや》いた。

「とは申せ、目の届くところで一緒に暮らせるのだ。離れて心配するよりもよかろう」

井戸端で長屋の刃物を研いでいた赤目《あかめ》小籐次《ことうじ》が応じた。

昨夜《ゆうべ》、引き物や行灯《あんどん》に使う竹材を切り出していて徹夜になった。そこで刃物研ぎは休みにして、長屋の女衆に切れなくなった包丁や刃物を持参せよと声をかけると、刃がぼろぼろになった菜切り包丁やら錆《さび》だらけの出刃が十数本も集まった。
長屋の裏庭は堀留に接し、小籐次の小舟も止めてあった。
井戸端や厠《かわや》の配置された裏庭には椿や柳が植えられて、風に戦《そよ》ぎ、春の陽光が差し込んで、ぽかぽかと気持ちがいい。
堀留の溜り水にも陽が当たってきらきらと煌《きら》めいていた。
腰高障子の開け放たれた部屋から勝五郎が版木を鑿《のみ》で削る心地よい音が、
さくさくさく
と響いてきて、さらに木戸口の向こうからは錺り職人の桂三郎が、
こんこん
と小さな金槌《かなづち》で銀の簪《かんざし》に細工する音が重なって響いてきた。
小籐次も負けずに砥石《といし》の上に刃物を滑らせて研ぐ。
しゅっしゅっしゅっしゅっ
と律動的な音がして見る見る錆が落ち、元の刃が姿を覗《のぞ》かせた。
小籐次は時に研ぐのを中断して指先に刃を当てて研ぎ具合を確かめた。

「爺様浪人さんよ、昨晩は竹を割ってなさったが、またなんぞ考えたか」

勝五郎の女房おきみが聞いた。

「煩《うるさ》くしたな。久慈屋さんにな、行灯の註文が来たのだ。その竹を用意しておった」

「行灯たって久慈屋は紙問屋だよ。行灯屋じゃないよ」

「久慈屋さんが売られる西ノ内和紙を使った行灯を工夫したら、それが思いがけなく評判を呼んでな。水戸家から註文が来たそうな」

正月明け、赤目小籐次は久慈屋の旦那の昌右衛門《まさえもん》の供で久慈屋の故郷の常陸国《ひたちのくに》西野内村《にしのうち》に旅をした。

久慈川に面した西野内村は西ノ内和紙の産地で有名だった。

この紙は江戸でも広く帳簿などに利用されていた。

常陸特産の西ノ内和紙を江戸に知らしめたのは水戸家の二代藩主光圀《みつくに》公だ。光圀公は隠居した後、『本朝史記』(『大日本史』)の編纂《へんさん》に携わり、この大部な労作に西ノ内和紙を使用して、

「丈夫な上に保存が利き、水にも強い」

と江戸でも宣伝にこれ努めたので、水戸藩内産西ノ内和紙の名が知られた。

この西ノ内和紙をもって江戸で久慈屋が開業したのが延宝三年（一六七五）のことであった。百四十余年の歳月を経て、久慈屋は江戸屈指の紙問屋に発展していた。

久慈屋の売り物は今も西ノ内和紙、久慈屋一族は西野内村に本家を構え、江戸は商い店と、生産と販売に従事していた。

当代の昌右衛門の旅も墓参りと仕入れを兼ねたもので、その年の楮《こうぞ》の育ち具合を調べ、西ノ内和紙の生産を検分し、新製品の開発を督励するために訪れたものだった。

その道中に同行した小籐次は、多彩な西ノ内和紙の漉《す》き模様と村の竹を見て、遊び心を起こして行灯を作ってみた。それが思いがけない評判を呼び、水戸家当代の殿様、徳川斉脩《なりのぶ》にお目にかける栄を得た。

水戸家では藩財政が苦しいこともあり、藩内物産の奨励に努める折から、小籐次の作った行灯に斉脩が、

「ほの明かり久慈行灯」

と命名して、藩の物産として売り出す話にまで発展していた。

数日前、久慈屋を通して小籐次に「ほの明かり久慈行灯」の製作を家臣に見せ

よという言付《ことづ》けがあったという。そこで、小籐次は竹の下拵《したごしら》えをしていて徹夜したというわけだ。

「おまえ様の作る風車だの竹とんぼだのは天下一品、手先が器用だものねえ。しかし、行灯となると大物だ。売れるかねえ」

「さあてな、御三家からの註文だからな。作るところをお目にかけるだけであろう」

小籐次は最近まで豊後《ぶんご》森藩一万二千五百石の久留島《くるしま》家の下屋敷の軽輩だった。三両一人扶持《ぶち》、下女奉公よりも低い俸給だった。いや、小籐次だけが低いのではない。藩全体が苦しい財政に喘《あえ》いでいた。それだけに下屋敷でも用人以下奉公人が団扇《うちわ》や傘や虫籠《むしかご》を作る内職に従っていたから、竹を扱うことはお手の物だった。

「買ってくれないのかえ。旦那には手間賃なしか」

「さあてな」

「この爺様は暢気《のんき》だねえ。そんなこっちゃ、このご時世、生き残ることはできないよ」

「独り暮らしの身だ。三度三度の飯が食べられ、時に酒が飲めれば、それ以上なにが要《い》ろう」

「金があればあったで邪魔にはならないよ。きれいなべべ着て美味《おい》しいものを食べてさ。芝居見物の毎日も悪かないよ」

「そのような暮らしのなにが面白かろう。亭主どのの仕事をする物音を聞いて生きていくのがなによりだぞ」

「そうかねえ。わたしなんて生まれたときからどぶの臭《にお》いのする長屋育ちだ。一日くらいさ、金殿玉楼《きんでんぎょくろう》で男衆に傅《かしず》かれてさ、上げ膳据え膳の暮らしがしてみたいよ」

「おきみさん、そこじゃあさ、酒も甘いもんもふんだんにあるんだよねえ」

仲間の女が聞いた。

「あたりまえだよ。台所には食いきれないくらい海の幸山の幸があってさ、蔵には小判が唸《うな》っている暮らしだもの。甘いものに不自由するものか」

「いいな、のんびりするだろうな」

女衆が言い交わすところに、勝五郎が前掛けの木屑《きくず》を払いながらどぶ板の上に姿を見せて、

「おきみの方様、殿のお成りにございまーす」

「お殿様のお成りとな。ははあっと言いたくなるが、木屑だらけの殿様じゃあ、

ははあっもないもんだ」

とおきみが亭主に言い返した。その掛け合いに、

わあっ

と井戸端に笑い声が弾《はじ》けた。

「ちぇっ、こちとらは版木職人だぜ。木屑だらけは商売繁盛のあかしよ」

「商売繁盛もいいが、日当が少しばかり上がるといいよね。なんとか、版木屋の番頭さんに掛け合えないのかえ」

おきみが亭主に註文をつけて、勝五郎が急にしょんぼりした。

「これ、そう亭主どのを苛《いじ》めるものではないぞ」

小籐次の助け船に、勝五郎が急いで話題を変えた。

「旦那、知ってるかえ。なんでも、金座の後藤家ではよ、新たに真文《しんぶん》二分判金を造るそうだぜ」

「ほう、二分金を改鋳《かいちゅう》なさるか」

真文二分判金が改鋳されれば、元文の改鋳（一七三六年）以来八十二年ぶりのことであった。此度《こたび》の改鋳はいわゆる、

「出目ねらい」

と巷《ちまた》の噂になっていた。

元文金は金六十六銀三十四の比率だが、此度の二分判金は金五十六銀四十四と品位が落ちることが決まっていた。この金十の差の、

「出目」

を幕府と後藤家では確保しようという狙いだった。

幕府の財政が悪化の折、さらに安易な改鋳であり、巷では物価が上昇し、貨幣価値が下落することが懸念されていた。

「悪改鋳の話はそれがしも聞いた。諸式が値上がりするのは困ったものだな」

「爺様浪人さんよ、米も油も値上がりするってかい」

「銭の価値が下落するのだ。これまで一升百文で買えていた米は一升百十文、いや、百十五文くらいまで値上がりしような」

「金座はなんてことをするんだい」

「おかめさんよ、金座を代々預かる後藤家は八年前に不正が明らかになってよ、一時お家が廃絶したほどだ。なんとか金座改役に戻されたはいいが、そのとき、幕閣に賄賂《まいない》を振りまいて借金塗《まみ》れという噂だ。此度の真文二分判金の出目でお家を再興なされようという考えだ」

勝五郎は読売の版木職人だけに世の中の事情に詳しかった。

「なんてこったえ、まるで他人《ひと》の褌《ふんどし》で相撲をとろうって話じゃないかえ」

「喩《たと》えが合っているかどうか知らねえが、お気楽なもんだぜ」

と勝五郎が答えたとき、木戸口で、

「大家さんは暢気でいいな」

と若い声がした。

小籐次が振り向くと、久慈屋の小僧の国三《くにぞう》が新兵衛とお夕が遊ぶ光景を眺めていた。

「国三さん、なんぞ御用か」

「おられましたか」

国三がどぶ板を鳴らして井戸端へ走ってきた。

「あまり勢いよく走ると、どぶ板を踏み抜くぞ」

勝五郎が注意し、国三が慌《あわ》てて足を緩めた。

「大番頭さんから、もし赤目様が長屋におられるならご足労をとの言付けです」

「ご苦労であったな」

小籐次は研ぎ終わらない刃物を見た。二本ほど残っているだけだ。

「急ぎの御用と思うか」

「いえ、大番頭さんがふと思いついたように、赤目様がお暇ならご一緒して頂きたいと申されたので。お出かけなさるとしても昼過ぎからだと思います」

「ならば国三さん、その辺で休んでおってくれ。この研ぎを終えたら同道しようか」

「赤目様、お手伝いしましょうか」

「できるかな」

「まだお店の刃物は研がせて頂けませんよ。だけど貧乏長屋の錆くれ包丁です、錆落としくらいならできますよ」

　国三の言葉を聞いて、おきみが、
　きいっ
と眦《まなじり》を上げ、

「こら、国三、いつからそんな口を利くようになった。おまえも佐久間小路の雨漏り長屋の生まれだろうが」

「ありゃ、赤目様との内緒話をおきみさんが聞いちゃったよ」

「あれが内緒話だと。声が大きいよ」

「おきみさんはおれが烏森稲荷《からすもりいなり》の講中《こうじゆう》と承知だもんな。頭が上がらないよ」

とおきみに詫びた。

「国三さんや、小言を食ったついでにもう一つ付け加えておこう。研ぎ屋は侍の腰のものであろうと長屋の菜切り包丁だろうと区別してはならぬ。丁寧に手を抜かぬことが肝心じゃぞ」

「はい」

「ならば、そこに腰を下ろされよ」

と国三の研ぎ場所を作った小籐次は、荒砥と菜切り包丁を与えた。

久慈屋は紙問屋だ。半紙を四つに切ったり、帳簿の大きさに裁断したりと、刃物を扱うのも奉公人の大事な仕事だ。当然、切れなくなった刃物をこれまでは奉公人が研いだり、大事な品は研ぎ屋に任せたりしていた。

小籐次が久慈屋への出入りを許されて以来、三日に一度は顔を出し、店の刃物の面倒をみるようになっていた。

その折、国三たちに研ぎの基本を教え込んでいた。

国三も小籐次が教えた技を覚えていて、砥石の上に菜切り包丁を動かし始めた。

「よう覚えていたな。刃と砥石の面を平行にしてな、峰を浮かす程度にするのだぞ。角度が狂えば砥石に傷がつく、刃物もちゃんと研がれておらぬということだ」

国三に教えながら小籐次は最後の出刃包丁の手入れをした。

「勝五郎さん、おまえさんの商売道具を研ぐつもりでいたが、久慈屋さんからのご指名が来た。この次にしよう」

「旦那、いいってことよ。それより長屋のかみさん連中から研ぎ料を取り立てなくていいのかえ。おれが代わりに集めようか」

「気になさるでない。いつもご飯の菜《さい》を頂いておるでな。せめてものお返しじゃ」

国三が荒砥をかけた菜切り包丁を、

「赤目様、これでどうです」

と刃を先にして差し出した。

「人様に刃先を向けるでないぞ」

と注意しながら受け取った小籐次は、刃を指の腹で触り、

「ようできたぞ。荒砥がこれだけかかっておればあとは楽だ」

小籐次は仕上げ砥石で菜切り包丁の刃先を揃え、

「よし、終わった」

と濯《すす》ぎ水で洗った。

井戸端を片付けていると九つ（正午）の時鐘が響いてきた。増上寺と愛宕《あたご》権現の間の切通しにある増上寺村の鐘撞堂《かねつきどう》の時鐘だ。

「赤目様、急ぎましょうよ。昼餉《ひるげ》の刻限ですよ」

「待て待て」

若い奉公人にとって三度三度の食事ほどうれしいものはない。それだけに、食べ盛りの国三は昼餉を抜かされるのではないかと案じていた。

「心配致すな。おまつさんがそなたの分はちゃんと取ってくれておるでな」

「そうですけど、お汁《つゆ》なんぞは具がなくなって、汁だけになっちまいますよ」

と国三に急《せ》かされ、小籐次は五尺そこその矮軀《わいく》に破れ菅笠《すげがさ》を被り、古びた裁《た》っ付《つ》け袴《ばかま》を穿《は》いて、腰に備中国《びっちゅうのくに》の刀鍛冶次直《つぐなお》が鍛えた一剣と脇差長曾禰《ね》虎徹入道興里《おきさと》を手挟《たばさ》んだ。

ふと思いついた小籐次は、耳に竹とんぼの柄を挟んで長屋を出た。竹で作った竹とんぼや風車は研ぎの客への引き物だ。

もはや木戸口から新兵衛とお夕の姿は消えていた。

路地を出たところでお麻に会った。

お麻は竹笊《たけざる》に豆腐を入れて抱えていた。昼餉の菜だろうか。顔に思いつめた様子が窺《うかが》えた。

「新兵衛どのとお夕ちゃんは家に入られたようだぞ」

「赤目様、ご心配をかけて申し訳ありません」

「なにほどのことがあろうか。新兵衛どのの顔付きがな、変わったように見受けられる」

「お父つぁんの顔が変わりましたか」

「どことなく安堵《あんど》なされた様子で、日に日に御仏《みほとけ》のお顔立ちに近付いておられるようだ」

お麻が困った顔をした。

「御仏とは娘の顔も覚えてないということでしょうか」

「仏にとって森羅万象《しんらばんしょう》すべて同じ、行き過ぎる他人も血を分けた肉親も等しいということであろうかな」

「赤目様、実の娘のことをも区別できない父親が苛立《いらだ》たしくて、時に叱りたくなります。私は人の屑ですね」

「屑などであるものか、それが人の情よ」

「人の情とはそのようにも哀しいものですか」

「人の情とは愛憎含んでのことだ。たとえ一瞬憎しみの心が芽生えても、それを抑える気持ちが情だ。お麻さんはお父つぁんによう仕えていなさる」

お麻が薄く笑った。

若いお麻にとって、父親に代わり久慈屋の家作四軒を差配するのは他人が考える以上に心労なのであろう。その上、呆《ほう》けた父親の世話もあった。

「そう気張ることもないでな、長屋にも相談する住人はおられる。なにより久慈屋どのはできたお方だ」

「それだけに遺漏《いろう》なきようにと考えてはいるのですが、なかなか思いどおりにはいきません」

「ゆっくりと慣れることですぞ」

頷《うなず》くお麻と路地の入口で別れた。

二

久慈屋は昼時だが、どこからか荷が入ったらしく大番頭の観右衛門《かんえもん》の見守る中、上荷船《うわにぶね》から荷下ろし作業が行われていた。上荷船とは、沖合いの大船から河岸の船着場まで荷を積み替えて運んでくる艀《はしけ》のことだ。

「間に合った」

と国三が呟いたのは昼餉の刻限のことだろう。

「お呼びたて申してすみませぬな」

観右衛門が挨拶した。

「どこぞから荷が入りましたか」

「京から山城《やましろ》半紙が届きました。風具合で二日ばかり遅れていた船が昨夜、佃島《つくだじま》沖に到着しましてな。朝から上荷船に積み替えて届きました」

久慈屋には西ノ内和紙を始め、美濃紙、日向《ひゅうが》半紙、岩国半紙、土佐紙など諸国からいろいろな土地の紙が届いた。

「この陽気、ようも長屋におられましたな」

観右衛門は研ぎ仕事に出ていなかったことを聞いた。

「昨夜は竹を割っておりまして夜明かしを致しましたでな、外出《そとで》をやめ、長屋の包丁を研いでおりました。そこへ国三さんのご入来だ。つい手伝いをさせて、帰りを遅くしてしまいました」

小籐次は謝った。国三の帰りが遅いと咎《とが》め立てされるのを心配してのことだ。

「水戸家註文の行灯の竹ですか。相すまぬことです。あちら様が整うにはまだ数日かかりそうです」

観右衛門は小僧の帰りが遅いことより徹夜の理由を気にした。

「それは構いませぬ」

二人が話す鼻先で、上荷船から菰《こも》に包まれた山城半紙の店搬入が終わった。

「ご苦労さんでしたな」

観右衛門が船頭や人足に言いかけ、昼餉に急ぐのか、上荷船三艘は早々に久慈屋の船着場を離れた。

店頭には運び込まれた荷が山積みになっていた。

「番頭さん、手代さん方、包みを解《ほど》くのは昼餉の後に致しましょうかな。先に昼餉を済ましなされ」

観右衛門の命に、店に数人を残して奉公人たちが奥の台所に消えた。

「赤目様、お腹も空《す》かれた時分でしょうが、もうしばらくお待ち下さいな」

「いや、時分どきに参ったそれがしが悪い。気になさるな」

「そう申されず、私にお付き合い下され」

と観右衛門に言われたところに、台所の女衆の一人が茶を運んできた。

「お花さん、よう気がつきましたな。この陽気です、喉《のど》がからからに渇いておりました」

観右衛門が言葉をかけた女は小籐次が初めて見る顔だった。

二十歳を二つ三つ過ぎた頃合か、垢抜《あかぬ》けた着こなしで物腰も落ち着き、顔立ちも整っていた。なによりお花と呼ばれた女には、周囲をぱあっと明るくする華やかさが体中から漂っていた。

「おや、赤目様は初めてでしたか」

と小籐次の表情に気付いた観右衛門が、

「久慈屋とは長年の知り合いでしてな、この度、縁あって久慈屋に奉公に来てくれることになりました。お花さん、このお方が江戸でも名高き酔いどれ小籐次様ですよ」

とお花に小籐次を紹介した。

「赤目様、花にございます。よろしくお引き回しのほどお願い申します」

「これは丁寧なご挨拶、痛み入る。赤目小籐次にござる」

お花が奥に消えた。すると、店が一瞬暗くなったような感じがした。

「十年前まで久慈屋に奉公していた番頭の一人に松蔵という者がおりました。頑健な体付きをしておりましたが、流行病《はやりやまい》でぽっくりと亡くなりました。お花さんはその松蔵の一人娘です。今から三年も前、とある商家に嫁《とつ》いだのですが、姑《しゅうとめ》と折り合いが悪く家に戻されたのです。それを知った旦那様がうちで働かないかと声をかけられたのです」

「嫁と姑、なかなかうまく参りませぬな。だが、お花さんのように見目麗《みめうるわ》しい嫁と別れた亭主どのに未練はないので」

「はて、お花さんはあのような姑の言いなりの亭主には未練はないと申しております」

二人は広い店の上がり框《がまち》に腰を下ろし、茶を喫しながら話を続けた。

店の前は天下の東海道だ。人馬や大八車や駕籠《かご》の往来も多い。また五街道の基点の日本橋を出たあと、京橋の次に渡る二つ目の橋、芝口橋に臨む店先でもあり、なんとも賑やかであった。

「おお、そうだ。お花さんで思い出した」

と思わず小籐次は呟いた。

「おや、だれぞ女子《おなご》を思い出されましたか」

「お長屋のお麻さんと長屋の路地口で会いました。なんとのう思い詰めておるようで、ちと気になりました」

「お麻が思い詰めている風とは、新兵衛さんのことですかな」

観右衛門が訊いた。

新兵衛長屋は久慈屋の家作の一軒だ。当然、大番頭の観右衛門が目配りする仕事であった。

「新兵衛さんは相変わらずと申したいが、日に日に子供返りするようで、まるで大きな童子です。先ほども、お夕ちゃんと風に舞い散る花びらを掌に受けて遊んでおられた」

「呆ける年ではないんだが、これぱっかりは神仏の悪戯《いたずら》ですかな。致し方ございません」

今度は小籐次が頷いた。

「いえ、お麻さんは父親の勤めていた大家の仕事が無事勤められているかと案じておるようでした。新兵衛さんとは付き合いの古い住人もおられるし、久慈屋さんも後見で控えておられるゆえ、あまり気を張り詰めて考えるなと、それがし勝手なことを申してきたところです」

「家作の差配はどこも老練な男の仕事ですからな。お麻が慣れるには少々時間もかかりましょう。大家といえば、懐手で家賃を取り立てていれば済むと世間の人は考えているようだが、そんなもんじゃない。お上の御用から汚穢《おわい》の始末まで結構交渉ごとがあったり、諸々《もろもろ》の厄介《やっかい》ごとに巻き込まれるものなのです。とは申せ、ただ今、新兵衛長屋にはさほどの心配もないと見ましたがな」

「そう、なんぞあるとは聞いておりません」

「一度様子を見に行きましょう」

と観右衛門が請け合ったとき、表で大声が響き渡った。

「待て！　そのほう、道具箱を先生の羽織に当てたな」

小籐次と観右衛門が声のほうを見ると、芝口橋の北詰め付近で、剣術の指南役か道場の主と思《おぼ》しき人物が武張った門弟を二人連れ、大工の棟梁《とうりょう》と職人の四人連れと睨《にら》み合っていた。

怒鳴ったのは門弟の一人だ。

大工の棟梁は、羽織代わりに長半纏《ながばんてん》をきりりと着た壮年だった。

「お侍さん、うちの奴の道具箱がお召し物に触りましたかえ。そいつは申し訳ねえ、まあ、ご覧のとおりの人込みだ。つい先を急いで触れたようだ。御免なせえ」

と棟梁が頭を下げた。

「なにっ、先を急いでおって、武士の召し物にその汚い道具箱を当てたと申すか」

「へえっ」

と答えた棟梁の態度が変わった。

「お侍、今なんと仰《おつしや》いましたな。汚い道具箱と申されましたか」

「おおっ、申したがどうした。鉋《かんな》屑だらけの普請場《ふしんば》に放り出されているような道具箱だ。それを汚いと申して、なんの差し障りがある」

「べらぼうめ、さっきから下手に出りゃあなんという言い草だ。道具箱を汚えだと。こちとらこの道具箱で飯《おまんま》を食ってんだ。それもな、たった今、長い普請が始まるってんで飯倉《いいくら》神明社でお祓《はら》いを受けてきたばかりだ。そいつを汚えとぬかしたな、田楽《でんがく》侍が」

「なにっ、麴町《こうじまち》に天流道場を構える山野平頼母《たのも》様に向かって田楽侍とはなんという言い草か」

門弟も猛々《たけだけ》しくなった。

「二本差して反《そ》っくり返っているから田楽侍と言ったんだ。憚《はばか》りながら、こちとらは南大工町で代々大工の棟梁を務める家系、八代目の惣吉《そうきち》だ。田楽侍なんぞの脅《おど》かしにのるお兄《あに》いさんとは違うんだ！」

観右衛門が立ち上がった。

「惣吉親方のなりがいいんで、脅せばいくらか酒代を稼げると狙いをつけたってやつだ。最近、あの手合いが増えました」

と仲裁に出ていった。

「お待ち下さいな。お武家様も惣吉親方もさ」

観右衛門の仲裁に双方が振り返って、惣吉が、

「久慈屋の大番頭さんか。すまねえ、店先を騒がせて」

「事情はおよそ分りました。お武家様、お腹立ちでもございましょうが、天下の東海道芝口橋にございます。人馬に駕籠と往来するものが多くてお召し物に触ったのは気の毒にございました。仲裁は時の氏神とも申します。紙問屋の番頭の顔に免じて、ご機嫌をお直し下さいませ」

と派手な羽織袴の山野平頼母と家来に腰を軽く折った。

「それがしがこやつと話をつけておる最中だ。差し出がましいことを致すでない」

「でもございましょうが」

と言いかける観右衛門と、出てきた久慈屋の店構えを、
じろり
と見て、

「そなた、久慈屋の大番頭か。こやつの代わりにそなたが武士の体面を穢《けが》した償いを致すと申すか」

と門弟が居直った。

「大番頭さん、無駄だ無駄だ。最初からなんぞ難癖をつけて銭をせびろうという手合いだぜ」

と惣吉が口を挟み、

「そのほう、われらを銭稼ぎの手合いと申したか」

と叫ぶと、

「もう許せぬ。佐貫、こやつを叩きのめすぞ」

と仲間に命じた。

山野平はその様子を見ても平然としていた。

体格のいい、若い二人の門弟が刀の柄《つか》に手をかけた。

「おうおう、天下の往来だぜ。それも真昼間にだんびら振り回して斬《き》ろうってのか。やりねえ、この惣吉の肩でも腹でもすっぱりやりねえ。赤い血が出なかったらお慰みだ」

と惣吉がいきり立ち、門弟が乱暴にも大刀を抜いた。

意外と慣れた行動で、主とともにこのような強請《ゆす》りを繰り返しているのか。

「おいおい、本気で抜いたぜ！」

「呆《あき》れたねえ」

長身の門弟が、惣吉との間合いを詰めながら剣を八双《はっそう》に立てた。

見物の一角から、

わあっ

という悲鳴とも絶叫ともつかぬ喚声が起こった。

「さあっ、斬れ、斬りやがれ！」

惣吉親方の啖呵《たんか》に職人たちも道具箱を下ろして、なんぞ得物《えもの》はないかと辺りを探そうとした。

小籐次が動いたのはそのときだ。

耳に差していた竹とんぼを指先で捻《ひね》り飛ばした。

ぶーん
と唸りを生じた竹とんぼが刀を構えた門弟の鼻先を飛んで、

「双方、手をお引きあれ。天下の往来、通行の方々も迷惑しておられる」

と静かに言った。

刀を構えた門弟がちらりと小籐次を見た。

五尺そこその矮軀の上に容貌甚《ようぼうはなは》だ見劣りのする年寄りが立っていた。

「爺、竹とんぼなんぞで邪魔をしおって、怪我《けが》を致すぞ。引っ込んでおれ！」

竹とんぼがぐるりと回って手元に戻ってきて、小籐次が摑《つか》んだ。

門弟が小籐次を目で牽制《けんせい》すると、惣吉に再び注意を戻し、剣を構え直した。すると見物の中から、

「おい、どさんぴん、そのお方をどなたと心得る。名前を聞いて驚き、ちびり小便なんぞ洩らすんじゃねえぞ！」

と声がかかった。

「名を聞いて驚くなだと」

門弟が言い、山野平頼母がじろりと小籐次を見た。

へろへろと膝《ひざ》が抜けた古袴に破れ笠の下から蓬髪《ほうはつ》が乱れて覗いていた。その髪に竹屑なんぞがこびりついている。どうみても腹っ減らしの浪人だ。

「食い詰め者ではないか」

「食い詰め者だとぬかしたな。このお方はただ今江戸に名高き大名四家相手に御《お》鑓《やり》拝借の騒動の主だ。その上、小金井橋では十三人斬りの勲《いさお》しを付け加えられた酔いどれ小籐次こと赤目小籐次様だ。おい、どさんぴん、それでも鈍《なま》ら刀《くら》を振り回そうというのか！」

この言葉に芝口橋じゅうが沸《わ》いた。

赤面したのは赤目小籐次自身だ。

(困った。どうしたものか)

もじもじする様子を見た山野平が剣を構えた門弟に目で合図した。

「赤目小籐次、なにごとかあらん！」

八双に剣を立てていた門弟が、右肩に振り被った剣を小籐次の矮軀に突進しながら叩きつけた。

すいっ

と小籐次の体が流れた。
その瞬間、剣の下に入り込み、両手で相手の腰帯を摑むと、片足を内掛けに刈り込むように引いた。すると腰を浮かした相手が一瞬虚空《こくう》に浮かび、
ずでんどう
と尻餅《しりもち》をついた。
見物の衆が驚いたのはいつの間にか、相手の脇差が抜かれて小籐次の片手に握られていたことだ。
二人目が横手から飛び込んできた。
小籐次は脇差を峰に返して向き合うと、小籐次の肩に落としてきた剣を脇差で弾いた。
どう叩いたか、相手の手から剣が飛び、芝口橋下の水面にきらきらと刃を閃《ひらめ》かせながら落ちていった。
立ち竦《すく》む相手の鳩尾《みぞおち》に脇差の柄が突き込まれ、二人目も、
くたくた
とその場に崩れ落ちた。
小籐次の脇差が悠然と回り、切っ先が山野平頼母に向けられた。

「お手前はどうなさるな」

山野平は小籐次の業前《わざまえ》に圧倒されて言葉がなかった。ただ茫然《ぼうぜん》自失して、

「おのれ、爺侍が……」

と吐き捨てた。

小籐次は、手にしていた脇差を路上に転がる門弟の傍らに投げた。ころころと脇差が転がり、鍔《つば》がからからと鳴った。

「茶番《ちゃばん》は終わりだぜ。ささっ、行ったり行ったり、通行の邪魔だよ」

どこからともなく難波橋《なにわばし》の秀次親分の手先、銀太郎らが姿を見せて見物の衆に声をかけ、散らした。さらに、

「おまえ様も門弟を連れて早々に引き上げなせえ。これ以上、厄介をかけるようだとご府内のことだ、町奉行所だって黙っておられませんぜ」

と山野平に追い討ちをかけた。

「鈴村、佐貫、引き上げる!」

と大声を上げた山野平らが、散っていこうとする見物の衆に野次られながら這《ほ》う這《ほ》うの体《てい》で姿を消した。

騒ぎの場に大工の惣吉親方と職人衆が困惑の体で残っていた。そこへ秀次親分

が姿を見せ、

「親方、飛んだ災難だったな」

「難波橋の親分、騒がせてすまねえ。いやはや冷や汗を掻《か》いたぜ」

と秀次に言った惣吉親方が、まず観右衛門に向き直り、

「大番頭さん、このとおりだ。助かった」

と頭を下げた。

「なんのことはありませんよ。私は、酔いどれ小籐次様の前座を勤めただけでしてねえ」

と胸を張った。

「大番頭さん、話には聞いていたが、酔いどれ小籐次様はこの体でなんともお強いねえ。ぶっ魂消《たまげ》たぜ」

と惣吉が小籐次を見た。

「赤目様、助かりましたぜ。いえね、職人なんて口先じゃあ強いことを言ってもさ、相手が二本差しじゃあ敵《かな》いっこねえ。芝口橋がわっしの死に場所かと覚悟しましたぜ。ただ今、わっしらは普請場に道具箱を届ける最中だ。いずれ角樽《つのだる》を提げてお礼に参ります」

丁寧な言葉に小籐次は困った顔をして、

「その礼なんぞはどうでもよい。普請場の刻限に遅れぬように参られよ」

と言った。

「へえっ、お言葉に甘えまして」

惣吉親方の一行も去り、ようやくいつもの往来の光景が戻ってきた。

「大番頭さん、赤目様と知り合いになって退屈はなさいませんな」

と秀次が笑いかけ、

「往来ではなんですよ。まあ、うちで渋茶の一杯も飲んでいって下さいな」

と観右衛門が秀次らを店に誘《いざな》った。

「大番頭さん、わっしらは例の飯倉神明社の一件で出てきたところだ。御用のため、これで失礼しますぜ」

「ならばさ、向こうでお会いしましょうかねえ」

と観右衛門が小籐次には分らぬことを言い、秀次も、

「赤目様、また後で」

と言うと芝口橋を渡っていった。

「ささっ、昼餉が遅くなりました。台所に行ってな、頂きましょうかな」

と観右衛門に誘われた小籐次は黙って従った。

三

七つ半（午後五時）、赤目小籐次は久慈屋の大番頭観右衛門と店を出て、芝口橋を渡った。行き先は未《いま》だ知らされてない。

「赤目様は芝神明様をご存じですか」

「むろん名は知っておるが、未だ境内《けいだい》に入ったことはござらぬ」

頷いた観右衛門が、

「三縁山《さんえんざん》増上寺の大門の北側にございます芝神明様は、飯倉神明宮とも日比谷神明とも呼ばれております。天照皇大神、豊受《とゆけ》皇大神を祭神にして、源頼朝公と家康様を配祀してございますでな、なかなか人気の神明社です。縁起には寛弘《かんじよう》二年（一〇〇五）九月に一条天皇の勅命により伊勢の内外両宮の神様をこの地に勧請して創建されたと申しますから、由緒がございます。社殿は寛永十一年（一六三四）に幕府の力で造営が行われ、神主は代々西東《さいとう》氏が勤めておられます。境内はおよそ五千坪、細かく申せば四千七百九十余坪にございます」

まだ日が明るい東海道を南に下りながら、観右衛門は話し続けた。

小籐次はただ黙って拝聴していた。御用に関わることと思ったからだ。ときに風が吹いて二人の顔をなぶっていく。

「芝神明の内外は江戸でも隠れた盛り場にございましてな。境内では宮芝居、勧《かん》進《じん》相撲、富籤《とみくじ》興行などが開かれております。このうち、宮芝居は正保《しょうほう》年間（一六四四〜四八）から行われておりまして、江戸の宮芝居の始まりと申します。座元は江戸七太夫と申す者が勤め、湯島天神、市谷《いちがや》八幡とともに江戸の三大宮芝居と親しまれております。相撲と申せば、今から十三年前の文化二年（一八〇五）に大騒ぎがございましたな」

小籐次は観右衛門の顔を見て呟いた。

「芝居にもなった『め組の喧嘩《けんか》』の、相撲取りと町火消しの大喧嘩かのう」

「いかにもさようでございます」

小籐次が住み暮らしていた豊後森家の下屋敷にも出入りの者が読売を持ち込んで、内職の場でも話題になったことをうろ覚えしていた。

「喧嘩の因《もと》は意地の張り合いとも興行に絡んだこととも言われておりますが、真実はよう分りません。ともかくな、大騒ぎになった。また門前には車屋万兵衛様が営む数軒の料理茶屋、水茶屋、楊弓場《ようきゆうば》などが並び、赤目様はご存じないかもしれませんが、芝神明前の七軒茶屋と申しましてな、遊女を置く妓楼《ぎろう》もございますが、このような茶屋は表向き遊女を置くことは適《かな》いませぬ。お上のお目こぼしで商売を続けておりますが、派手になると御免色里の吉原から註文がついて町奉行所が手入れをする。だが、しばらくすると、またぞろ遊女が芝に姿を見せるという繰り返しです」

「よくご存じだ」

「地元のことにございますしな、うちとは深いつながりもございます」

「つながりと申されると、久慈屋さんは芝神明の社中ということかな」

「それもございますが、うちの商いは神社仏閣がお相手ということが多い。芝神明もうちのお得意先でしてな、大宮司《だいぐうじ》の西東正継《まさつぐ》様とも親しき交わりの仲にございます」

「なんぞ西東氏《うじ》に災難が降りかかりましたか」

「それが災難と申していいかどうか」

観右衛門が首を捻った。

「昨日の早朝のことです。芝神明の社殿の前、派手な友禅《ゆうぜん》の長袖をぞろりと着て、白塗りに紅を差した若い男が、喉元を細身の剣で賽銭《さいせん》箱に串刺しにされて死んでおったそうな」

「ほう、社殿前で串刺しとは穏やかではない。大事《おおごと》にござるな」

「いかにもさようにございます」

「変わった風俗の死体の身元は知れましたか」

観右衛門はちょっと気味が悪そうな表情で頷いた。

「境内には陰間《かげま》茶屋がございまして、芝居町や芳町《よしちょう》に次ぐその筋の方には知られた場所にございます」

陰間茶屋とは小供屋から陰間、男娼を呼び、酒料理を供して一時の席料をとる商いだ。小供と呼ばれる陰間は小供屋に寄宿していたが、堺町、葺屋町《ふきやまち》、木挽町《こびきちょう》の小供は芝居の太夫元が抱えていたという。陰間茶屋の発祥は歌舞伎の出現と時期を同じくしていたのだ。

「芝居にて女形の役者は平日人数少く、御殿場の狂言、或は御姫様の行列抔《など》には、女形多く入用なる時、此野郎を雇ひ、女形に遣ふなり。其時野郎振袖を着し、編笠をかぶり楽屋入する。天明の始まで有しと云」

『寛天見聞記』に記録されたように、これら、小供は役者の予備軍で、

「舞台子」

と呼ばれて、普通の陰間より格上と目されていた。だが、芝居も官許の芝居小屋とは違い、宮芝居に付随した陰間は、

「陰子」

と呼ばれて一段下級に見られた。

「友禅の長袖に白塗り、紅を差した死体の主は芝神明の陰間茶屋花車の小供の藤《ふじ》葵《あおい》というものにございました」

「そこで難波橋の親分が乗り出されたか」

「いえ、寺社の境内はお寺社方の管轄にございますれば、町方は手が出せませぬ」

「おう、そうであったな」

「寺社奉行に事件は届けられて、お調べの最中にございます」

観右衛門はいったん言葉を切り、

「寺社奉行は大名家から抜擢《ばってき》なされ、管轄が寺社だけに町方と違い、万事が鷹揚《おうよう》にございます。西東様はそのあたりを案じられてな、密かに氏子の難波橋の親分を呼ばれて相談されたのでございますよ」

「ほう」

と小籐次は答えたが、今一つ判然としなかった。

「いえね、西東様は陰間が殺されたのは陰間同士の恨みつらみだけではあるまい、芝神明に恨みを抱くものの仕業ではと考えられたようです。親分はなんぞ考えがあってか、こいつは久慈屋の力を借りたほうがよいかもしれないと言い出されたそうな」

「そこで神主どのと親分がお店に参られたか」

「はい、旦那様が話を聞かれましてな。ご町内も同然の芝神明の危難、赤目様のお力をお借りしなさいと、私に命じられたのでございますよ」

「それがしがなんぞお役に立とうかのう」

小籐次は、陰間殺しの一件になんぞ手助けができるかと訝《いぶか》しく思った。

「なにしろ殺されていたのが社殿前、藤葵がよく使っていた茶屋花車も寺社奉行の管轄ですからな。難波橋の親分も表立って動くわけには参りません」

「それがし、難波橋の親分の申されるとおりに動くとよいのかのう」

「親分は陰間茶屋の花車で待っておられます。あとで、お二人で話し合って下さいな」

と観右衛門が答えたとき、芝神明門前町に到着していた。

東海道から一本西に入っただけだが、小籐次には馴染《なじ》みのない界隈《かいわい》であった。料理茶屋には灯りが入り、門前から店へと打ち水が清々《すがすが》しくされていた。

「ならば、これから花車に親分を訪ねますかな」

「いえ、その前に西東大宮司がどうしても赤目様にお目にかかって直《じか》にお願い申したいと言い出したことでしてな。私が案内して参ったのです」

と観右衛門は事情を告げた。

「西東様は代々の大宮司職か」

「はい。創建以来、西東氏が大宮司にございますよ。それに西東様にはもう一つのお顔がございます。幕府の御連歌師《ごれんが》にございますよ」

小籐次は、御連歌師などという御役があることすら知らなかった。

「室町時代には盛んに行われていた連歌ですがな、今では京の朝廷か、将軍家にお抱えで行われるくらいで御連衆十二人がおられます。里村家を筆頭に瀬川、坂、西東家が指南役にございますよ」

と説明した観右衛門が鳥居を潜《くぐ》り、神明社の境内に入っていった。すると宮芝居が行われているらしく、筵《むしろ》掛けの小屋から大勢の客が出てきていた。どうやら芝居が跳《は》ねた刻限のようだ。

「坂月段五郎一座」

の幟《のぼり》が立ち、座元は江戸七太夫とあった。

「ほう、『白浪《しらなみ》五人男』ですか」

観右衛門が小屋の前に描かれた絵看板を見て、呟いた。

芝居帰りの客の何人かは芝神明の社殿に向い、賽銭を入れて拝んでいく者もいた。

官許の芝居小屋ではないだけに、客のなりも普段着のままだった。

観右衛門と小籐次も拝殿に一礼して、社務所に向った。

西東正継は神主の衣装で庶務を行っていた。

「おおっ、参られましたか」

机から振り向いた西東の細面《ほそおもて》はどこか雅《みやび》な面立ちで、小籐次に公家《くげ》を連想させた。その西東が小籐次をしげしげと見た。その行為になにか縋《すが》るような眼差しと迷いがあった。そして、その表情にがっかりとしたものが漂った。

「西東様、このお方が赤目小籐次様にございますよ」

西東が暗い感じで首肯《しゅこう》し、言った。

「今、江戸で並ぶ者なき剛勇無双の武士と申されるによって、大兵《たいひょう》かと思うたが、小柄なお体ですな」

肩を落とした西東の声は甲高《かんだか》く、か細いものだった。

「西東様、真の剛勇はなりではございませんぞ。赤目小籐次様が一旦動くとき、乱雲渦巻き、どしゃぶりの血の雨が降り注ぎます」

観右衛門がまるで講談師の口調のように大仰《おおぎょう》に言った。西東の口調にどこか期待外れが窺えたからであろう。

「それに、赤目様はうちの旦那様が惚れ込まれたようにお人柄がよい。今や水戸の斉脩様も赤目小籐次に会いたいと願われるほどの人物です」

「なにっ、斉脩様が赤目様をご存じで」

「近々、赤目様は水戸家で仕事を始められます」

仕事とは行灯作りの指導のことだ。

小籐次は、観右衛門がいつになく大仰なのは、西東正継がなにか憂《うれ》いごとを秘めていると承知していたからだろうと推測した。

「観右衛門どの、それがし、これにて失礼を致します」

「なぜでございますな」

「そのような大袈裟《おおげさ》な紹介は西東様には笑止千万《しょうしせんばん》なことにございましょう。それがしは穴があったら入りたい心境にございますよ」

「なにを申されますな、赤目様。水戸家ばかりか、大名三百諸家は赤目様の一挙一動を注視しておりますぞ」

その問答の様子を西東はじいっと凝視していたが、自らを得心させるように一度二度と頷いた。

「観右衛門どの、それがしの話はよろしい。西東どのの御用を伺いたい」

「おう、そうでした」

と答えた観右衛門に、しばし沈黙した後、西東正継は思い切ったように言い出した。

「観右衛門どの、わざわざそなたにご足労頂きながら真《まこと》に失礼とは存ずる。赤目様との話、ちと内聞にしたいのです」

「西東様、なんの遠慮がいりましょうか。お引き合わせ致せば、私の用事は終わりました。私は先に芝口橋のお店に戻っておりますよ」

さすがは大店《おおだな》の大番頭だ。顔色ひとつ変えずにっこりと笑って、辞去の挨拶をすると立ち上がった。それだけ西東の秘密が芝神明宮の大宮司の心を煩わせているということのようだ。

観右衛門を見送った西東が、

「赤目様、ご一緒願えますか」

と小籐次を誘った。

西東は小籐次を連れて社務所を出た。連れていかれたのは本殿の東側に建てられた宝物殿だ。ここまで来ると、参拝客も入り込まず神明社の関わりの者も見られなかった。

神官は腰に下げた鍵束の一つを選び、錠前を開いた。

「赤目様、これから話すことは観右衛門どのにも内聞に願えますか。そう約定《やくじょう》して頂けぬと話すことができませぬ」

戸前で再度念を押した。

「赤目小籐次を信頼して下され。西東どのを裏切る真似は決して致さぬ」

「有難い」

と西東が答え、二人は宝物殿に入った。だが、それでもしばし口は開かれなかった。ようやく話し出されたが、それは思いがけないものだった。

「社殿の前で殺されておった藤葵の喉元に刺さっていた剣《つるぎ》にございますが、当神明社に伝わる、雨斬丸《あまぎりまる》と称される宝剣にございます」

「なに、宝剣とな」

「建久四年（一一九三）、当社は源頼朝公より剣一振りと神田千三百余貫を頂き、以来、その剣は宝剣として伝わって参りました。雨斬丸とは豪雨も一刀両断するという斬れ具合を称しての命名にございますそうな。その剣が藤葵の喉に突き立っていたのでございます」

「雨斬丸はこの宝物殿に保管されていたのでございますな」

「さよう」

西東は宝物殿の重く頑丈な扉を閉め、内部から閂《かんぬき》をかけて、傍らに用意されていた行灯に火打石で灯りを点《とも》した。

その行動は実に手馴れていた。

灯りが点され、宝物殿の奥へと進んだ。宝物殿の左右に鎧櫃《よろいびつ》やなにを入れたものか推測もつかぬ大きな木箱などが整然と積まれていた。

二階への階段の背後、一番奥に刀箪笥《だんす》が二棹《さお》並んでいて、その箪笥の一つの上段の引き出しが開けられたままだった。箪笥の横手に夜具が一組積まれていた。

（なんのための夜具か）

だれぞが不寝番《ねずのばん》をするときのための夜具か、などと小籐次は考えた。

西東は行灯を床に置くと、開け放たれた引き出しから錦織の古代裂《こだいぎ》れで作られた刀袋を出した。

「雨斬丸はこれに入っておりました」

小籐次は袋を手にして、剣の長さが柄頭《つかがしら》からこじりまでおよそ二尺足らずと推測した。

「細身の剣と聞きましたが」

「はい。両刃の直剣で、優美なほどに細身にございました」

「雨斬丸は常にこの宝物殿に保管されていたのですな」

「はい。一年一度、当社の祭礼、だらだら祭の日に拝殿にお移しする以外は、この刀箪笥に保管されておりました」

と西東正継は答えた。

芝神明社の例大祭はだらだら祭、生姜《しようが》祭、芽腐《めぐさ》れ祭などとも呼ばれた。九月の十六日を中心に十一日から二十一日までだらだらと開かれたことから、だらだら祭と呼ばれたという。さらに祭礼中、氏子が甘酒や生姜を商ったので生姜祭と呼ばれ、旧暦九月は秋雨が続き、芽が腐るので芽腐れ祭とも呼ばれていた。

雨斬丸は雨除けとして拝殿に飾られる、と大宮司は説明した。

「赤目様、九月のだらだら祭までに雨斬丸が宝物殿に戻されぬと、大変なことになるのです」

「西東どの、ちとお待ち下さい。雨斬丸は藤葵の喉元に刺さっていたのではありませぬか」

「はっ、はい」

「ならば、お調べになったお寺社方が保管なされておられよう」

「それがちと……」

西東の説明は曖昧《あいまい》で、どことなくまどろっこしかった。

「西東どの、仔細《しさい》をお明かし下されぬか。そうでなければそれがしも動きがつかぬ」

西東の額に汗が光っていた。自らを納得させるように何度か首肯した西東は、

「あの夜、ちと用事がありましてな。殺された藤葵と社殿前で会う約束をしておりました」

「ほう」

「刻限は四つのことです」

「巳《み》四つ（午前十時）ですな」

「いえ、亥《い》の四つ（午後十時）です」

「それはまた異《い》な刻限に」

小籐次は呟き、困った顔の西東は話を続けた。

「社殿前に行きますと、藤葵が喉を串刺しにされて死んでおりました。私は凶器が雨斬丸と直《す》ぐに分りました」

「驚かれたでしょうな」

「口も利けず長いこと呆然としておりました。雨斬丸は柄が螺鈿《らでん》飾りでございまして、柄頭の金環に紫の組紐が結ばれておりますので間違いございません。私は慌てて宝物殿に走りました……」

「この刀簞笥の雨斬丸は消えていたのですな」

「はい。刀簞笥もこのように開かれたままでございました」

「ちとお待ち下され。宝物殿の鍵はどうなっておりました」

「閉じられておりました」

「ならば、賊はどこから侵入したのでございましょうな」

小籐次は宝物殿には風抜きの高窓しかないことを確かめた。そこには頑丈そうな鉄格子と鉄扉が嵌《は》め込まれていた。

「それは分りません」

と答えた西東は言い足した。

「私の驚きはこれではすみませんでした」

「と申されますと」

「私はなんとしても雨斬丸を藤葵の喉元から抜き取ってこなければと考えたのです。そこで慌てて社殿前に戻ると藤葵の様子が変でした。先ほどは賽銭箱に串刺しになっていたのがぐったりして、喉元を見ると雨斬丸が抜き取られて掻き消えていたのです」

「西東どのが宝物殿に走られた後、だれぞが雨斬丸を持ち去ったということですか」

「はっ、はい」

小籐次はしばし考えた後、

「西東どの、藤葵と会おうとしたことをだれか他人に話されましたか」

「いえ、そのようなこと……」

西東は口を噤《つぐ》んだ。

「西東どの、藤葵とは親しき仲ですかな」

　はあ、と生返事した西東が迷うように口を噤み、溜息を吐《つ》いた。

「赤目様、私と藤葵は、一年ほど前からこの宝物殿で逢瀬《おうせ》を重ねていたのでございますよ」

　あっ！

　と驚きの声を発した小籐次はようやく合点した。眼前の大宮司は男色《なんしょく》趣味の持ち主であり、想い人が藤葵ということに気付かされたのだ。

「ということは、藤葵もまた雨斬丸がこの箪笥にあることを承知していたのですな」

「はい」

「藤葵とはどのような人物ですか」

　陰間の愛憎は男女の仲よりも激しいと聞いたことを小籐次は思い出していた。

「藤葵が門前町の陰間茶屋花車に入ったのは一年半も前のことです、十七歳でございました。それ以前は坂月段五郎一座の水木元之丞と申す見習い女形でした」

「坂月段五郎一座とは、ただ今境内で興行をしている一座ですな」

「いかにもさようです」

「役者から陰間になった理由はなんですか」

「それは金が稼げるからですよ」

と答えた西東は、

「水木元之丞の本性を見抜いた花車の旦那に誘われて陰間になったのです。肌理《きめ》が細かく、しっとりとした肌の持ち主で、たちまち花車の売れっ子陰間になりました。ですが、藤葵が心から惚れていたのは、この私一人でした」

西東はどこか名残り惜しそうな顔をして、きっぱりと言った。

「客はいろいろにございましょう。数多《あまた》の客の中で藤葵に惚れていた人物、西東どのと藤葵が懇《ねんご》ろになって、冷たくも袖にされた客は知りませぬか」

小籐次は、二人のことを承知の者が犯行に及んだのではないかと考えたのだ。

西東は首を横に振った。

「ただ、近頃、どこからかじっと凝視《みつ》められているようだと藤葵が怯《おび》えた顔をしておりました。が、それがだれか藤葵も気付いてはいなかったと思います」

「生きている藤葵と最後に会ったのはいつのことですかな」

「事件のあった四日前のことでした」

と答えた西東は、

「赤目様、なんとしても雨斬丸を取り戻して下され」

と小籐次に願った。

四

難波橋の秀次親分は、陰間茶屋花車の帳場で陰間数人に囲まれて平然と茶を喫していた。

「あら、このお方が今、江戸で評判の酔いどれ小籐次様。親分、一度座敷にお誘いしたいわ」

年増の陰間が口元に手を立て、秀次親分に内緒ごとでも話すように喋《しゃべ》りかけた。

「おまえさん方、そろそろ座敷に行きねえな。客が来る時分だぜ」

「あら、親分さん。酔いどれの旦那がお見えになったら、私たちを追い出す気なの。十手持ちが帳場に控えているところに、だれが客として上がるものですか」

「おれがここにいるなんぞ、だれが気付くか。さあ、行ったり行ったり」

と帳場から陰間たちを追い出した。

暗い感じの帳場に二人だけになった。

「さすがは親分。堂々としたものだ」

「わっしの商売は、少々のことで驚いていちゃあ成り立ちませんや」

と応じた秀次が小籐次を見た。

「西東どのに会うた」

「西東様はどの程度お話しになられましたな」

さすがに親分は大宮司の秘密を承知の様子だ。

「男色癖のこと、藤葵と宝物殿で逢瀬を重ねていたことは話された」

「ほう、二人は宝物殿で会っておりましたか。西東様は男色道楽を隠し通していたと思っていたんだろうが、周りはおよそのことは承知でしたよ」

気楽になった小籐次は西東から聞かされたことを報告した。

「さすがは赤目様ですね、お人柄ですよ。そのようなことまで、あの西東様が明かすとは驚きました」

「芝神明の宝剣を失《な》くしたでな、必死であろう」

「雨斬丸が絡んでおりましたか」

と秀次が感心した。

「だらだら祭には欠かせぬものじゃそうな」

「なんたって、あの宝剣で大宮司が九字を切って魔除けをし、雨除けを祈願して祭が始まるんでさあ。雨斬丸がなくちゃあ、話にもなりませんのでな」

「それはお困りであろう」

「陰間の藤葵、どうやら宝物殿の合鍵を持っていたようですな」

「雨斬丸を持ち出したのは藤葵と申されるか」

「西東様が合鍵を与えていたか、藤葵が密かに作っていたか、そのどちらかに間違いございませんよ」

「となると藤葵と、藤葵を殺したものは知り合いかのう」

「雨斬丸を盗み出させ、藤葵を殺して賽銭箱に串刺しにした。そこへ西東大宮司が姿を見せたので一旦姿を隠し、大宮司が宝物殿に走ったのを見て、雨斬丸を奪い去った。とまあ、こんな具合にございましょうが、赤目様、こいつは陰間仲間の仕業ですぜ」

秀次親分は言い切った。

「そうかのう」

「そうでさあ。雨斬丸で藤葵を殺した様子といい、それを西東大宮司に見せておいて雨斬丸を持ち去ったことといい、金目当ての仕業とも思えませんや」

「となると、下手人は限られるな」

「へえ」

と答えた秀次は、

「わっしはさっきから、ここに粘って藤葵のことを聞き出そうとしたんですがねえ。藤葵とべったりした仲は二人だけと知れました」

「さすがは親分だ。探索が早いな」

「一人は伊予松山藩松平様のご家中で御納戸方《おなんどがた》の柴村平右衛門という若侍です。もう一人は数寄屋橋近くの蠟燭《ろうそく》問屋の番頭の芳蔵、こちらは四十そこそこだそうです。二人とも藤葵が芝神明の大宮司どのと懇ろなことも承知しているようです」

「伊予松山藩は徳川ご一門、ちと厄介だな」

「へえ、こいつはよほど気を遣う要がございます。ですが、手がないわけではねえ」

と秀次が自信を見せた。

「それがしの出番はなさそうだな」

「それが、柴村という若侍、居合いの達人だそうです」

「ならば、親分の用心棒を勤めようか」

「そいつは心強いことで」

と秀次が笑った。
二、三日、長閑《のどか》な日が続いた。
小籐次は久慈屋の店先で刃物研ぎをして一日を過ごした。秀次親分から、いつ御用の声がかかっても対応できるようにだ。

観右衛門は、芝神明社の大宮司西東正継に小籐次がなにを頼まれたか、関心がありそうな顔をしていたが、さすがに自分から聞こうとはしなかった。

久慈屋の店で使う大量の刃物と台所の包丁類を研ぎ終えて無聊《ぶりよう》を持て余す小籐次に、北隣りの足袋《たび》問屋京屋喜平の番頭の菊蔵《きくぞう》が、

「おや、赤目様、顎《あご》の鬚《ひげ》なんぞを抜いて暇を持て余しておられますか」

と聞いた。

軒に足袋の絵看板がぶら下がる京屋喜平は、店の間口はそう広くはない。だが、江戸でも名高い足袋問屋であり、奥に熟練の職人を抱えて仕立てもした。客の足を計り、ぴったりと合う足袋を作るというので客も多く、客筋もよい。

江戸時代、足袋は需要の多い品だった。武士が履く革足袋から丁稚《でっち》小僧がお仕

着せに夏冬と頂く木綿足袋まで様々で、この年季奉公に使われる足袋の量が足袋問屋を繁盛させていた。

京屋喜平は問屋を名乗っていたが、足袋一筋で他の問屋が扱う股引《ももひき》、腹掛けの類《たぐい》は一切扱わなかった。

「仰せのとおり、ちと暇でな。京屋喜平さんの刃物は、それがしのような素人には研がせてはくれまいな」

「なにっ、酔いどれ小籐次様が研いで下さると申されるか。うちでは久慈屋さんを羨《うらや》ましく思っていたところですよ。ほんとうによろしいので」

「本日は試しにござれば、お代は無料じゃ」

菊蔵はそれでも帳場格子に座る観右衛門に断わり、ようやくお店から変わった形の刃物を十数本持ってきた。

「さすがは評判の足袋を裁断する刃物であるな。刃先がきれいに摩滅しておるわ」

と小籐次は刃物の形状や刃の減り具合を確かめて、仕事にかかった。

それで半日が潰《つぶ》れた。

研ぎ上がった刃物を持参した京屋喜平の店先では、どこぞのご新造が女中を伴い、足袋の註文をしていた。それに手代が応対していた。

「研ぎ上がりましたか」

菊蔵が飛んで出てきた。

「番頭どの、これでよいか試して下され」

「親方、ちょいとこれへ」

菊蔵は奥から初老の職人頭円太郎を呼んだ。

「親方、おまえさんは酔いどれ小籐次様を知らないだろうな」

「番頭さん、赤目小籐次様を知らないじゃあ江戸っ子とは言えませんぜ。時折、久慈屋の店先でお姿を見かけておりまさあ」

と言った円太郎が一旦奥へ引っ込み、今度は足袋を裁断した端切《はぎ》れと台を手に再び現れ、ぺこりと小籐次に頭を下げた。

「失礼致します」

と円太郎が研ぎ上がった刃物のうち、刃先が丸みを帯びた道具を手に取り、指先で研ぎ具合を確かめた後、端切れを台に置いて静かに刃を当てた。丸みを帯びた刃先が引かれるというよりも、切っ先から刃元に角度を変えられた。すると、
すいっ

と端切れが裁断された。

「驚いた」

と円太郎が呟き、何度も試していたが、

「番頭さん、わっしらは研ぎに関しては未だ半人前、不勉強にございました。赤目様の研がれた刃で切った布の裁断面《きりくち》を見てごらんなせえ。見事に糸がすぱっと揃って切れてやがる。見事だねえ」

菊蔵も端切れを光に透かし見て、

「さすが酔いどれ小籐次様の仕事ぶりには文句のつけようもございませぬ」

「ならば、これを機会に贔屓《ひいき》にして下され」

と小籐次が立ち上がった。

「赤目様、お代がまだですよ」

「本日は披露目《ひろめ》なれば無料にござる」

と言い置いて、さっさと久慈屋に戻ると、難波橋の秀次の手先銀太郎が小籐次の研ぎ道具を片付けていた。

「おや、出番が来たかな」

「へえっ、親分が門前町の甘味茶屋でお待ちでさ」

「しばし待たれよ」

二人で後片付けをしていると、観右衛門が、

「道具は小僧に長屋まで届けさせます。その辺に置いてな、ささっ、早く行きなされ」

と言葉をかけてくれた。

「観右衛門どの、明日にでもそれがしが取りに参るゆえ、気遣い無用」

破れ笠を被った赤目小籐次は次直と長曾禰虎徹入道興里を腰に差し、銀太郎とともに夕暮れの東海道を芝神明の門前町へと急ぎ向った。

芝神明門前町の茶屋街に着いたとき、灯りが点り、昼とは違う様相を見せていた。

秀次は参拝客相手に茶や甘い物を出す甘味茶屋の縁台に腰を下ろして煙草《たばこ》を吹かしていたが、顔を上げて小籐次を見た。

「だいぶ待たせましたな」

「探索に苦労をなされたか」

「伊予松山藩の柴村平右衛門様の調べに、ちと時間を食いました。ともかく、柴

村様も蠟燭問屋の番頭も白でしてな、此度の一件には関わりはございません。最初から見当違いをしてしまいました」

と秀次が苦笑いした。

「素直に藤葵の出自を手繰《たぐ》るべきでしたよ」

「出自と申されると、坂月段五郎一座ですか」

「へえっ、おっしゃるとおりです。坂月一座の見習い女形水木元之丞は上総《かずさ》生まれで名は門次、寺の門前に捨てられていた赤子だそうで、和尚《おしょう》が付けた名だ。坂月段五郎一座が上総に巡業に行ったところ、門次が一座に加えてくれと座長の段五郎に直談判《じかだんぱん》をしたそうな。小柄な上に顔立ちもいいてんで、段五郎が和尚に断わり、一座に加えた。それが門次、十五歳のときです。役者の見習い、とくに女形は陰間に狙われる。どこぞの興行地で座長が客にせがまれて座敷に出したのが水木元之丞の男娼稼業の始まりでねえ。芝神明の宮芝居で江戸に戻ったときは、すでに一端《いっぱし》の陰間だ」

と小籐次に説明した秀次は、出ていた茶の残りを啜《すす》った。

「一方、西東大宮司は初めて江戸入りした水木元之丞時代から目をつけていたらしい。陰間茶屋花車の旦那に、元之丞を抱えにすれば贔屓にしてやると熱心に口説いていたのです」

「ということは、見習い女形から陰間に職を変えた折から、大宮司どのは藤葵を承知でしたか」

「そういうことです。なにしろ、芝神明の大宮司は懐が豊かな上に、陰間茶屋にとっても宮芝居の坂月一座の座長にとっても、地主ですからな。否といえば、陰間茶屋も宮芝居も商いは続けられませんや」

「さて、坂月一座に未だ藤葵と関わりを持った人物がおりましたか」

「ただ今、一座は『白浪五人男』をかけておりますな。弁天小僧が座長の坂月段五郎だ、盗賊の頭目日本駄《にほんだ》右衛《え》門《もん》に扮しているのが篠田弥《や》曾《そ》平《へい》という浪人者です。小田原の大久保様の家臣だったと当人は吹聴しているそうですが、真偽のほどは分りません、まず嘘っぱちにございましょう、こやつが藤葵と情けを交わしてきたそうです。一方、藤葵は西東大宮司から客の相手を勤める分にはいいが、私の他に想い者をつくるでないと釘を刺されて、月々の手当てをもらっていたのでございますよ。ともかく、藤葵は篠田を捨てて大宮司の世話になっていた」

「ほう」

「藤葵が殺された夜、篠田弥曾平は芝居小屋には泊まっておりません。品川宿で遊んでいたと仲間の役者には言ったようだが、まず、こやつが藤葵に復縁を迫ったかなにかで、社殿前で会ったことは確かでしょう」

秀次の探索は今一つ不確かなようだった。

「篠田なるものが芝神明の宝剣雨斬丸を持っておれば、藤葵を殺した下手人と知れるのだがな」

「へえっ、今一つ最後に工夫がいります。そこで赤目様のお力を借りようとお呼びたてしました」

「どうしたものか」

と二人は思案した。

「ともかく篠田を芝居小屋の外、いや、芝神明の境内から外に釣り出したいもので」

秀次は寺社奉行の支配下の芝神明の社地の外、町屋に誘い出したいと言った。

「ならば、誘いの文を出してみるか」

「篠田にとって一番大事な陰間の藤葵は死んでおりますぜ。他に呼び出せる人物がおりますかね」

「芝神明の大宮司西東正継の名ではどうか。宝剣をどうしても買い取りたいと哀願の手紙を届けるのはどうかな」

「篠田が下手人でなかった場合は厄介だが、やってみますか。意外と引っかかるかもしれませんや」

と答えた秀次は、

「腕前は神道一刀流の皆伝と威張っているようですが、嘘っぱちに決まってますよ。赤目様、大宮司の代筆を願いましょうか」

と言い添えた。

頷いた小籐次が、甘味茶屋の筆と硯《すずり》を借りて手紙を書くことになった。


増上寺の南側で新堀川が江戸前の海へと流れ込んでいた。河口の左岸、湊《みなと》町の浜に常夜灯が灯る明地があった。

夜半九つ（午前零時）の時鐘が増上寺の切通しから響いてきたが、篠田弥曾平が姿を見せる様子はなかった。

「見当違いであったかな」

漁《いさ》り舟の陰に隠れて待機する小籐次が呟いたのは八つ（午前二時）の刻限だった。

「いや、来ましたぜ」

篠田は、六尺三寸はありそうな巨漢だった。さすがに日本駄右衛門を演じる貫禄があった。手に細長い布包みを提げていた。

「大宮司どの、何処《いずこ》におられる」

と密やかに囁《ささや》く声は三十の半ばか。

秀次一人が闇から立ち上がり、篠田に歩み寄った。

「うーむ」

常夜灯の光で確かめた篠田が、

「臆病者の大宮司にしてはちと大胆と思うたが、町方が嗅《か》ぎつけたか」

「おまえさんだね、芝神明の大宮司と藤葵に嫉妬して、宝剣の雨斬丸を藤葵に盗み出させて藤葵を刺し殺し、大宮司を困らせようとしたのは」

「嫉妬だと申すか。おれと元之丞は一度だって縁が切れたことはないのだ。なにしろ元之丞に衆道の味を覚えさせたのは、おれだからな」

「ほう。藤葵は客のほかに間夫《まぶ》を、おまえさんと大宮司の二股をかけておりましたかえ」

「まあ、そんなところだ」

「なぜ藤葵を殺した」

「あやつが大宮司と会うときは、決まってその前におれと情けを交わすのが習慣《ならい》よ。あやつから宝剣雨斬丸のことを聞き、大宮司を困らせようと雨斬丸を宝物殿から持ってこさせた。社殿前であやつと雨斬丸でざれ合っているうちに、力が余ってあやつの喉首を刺し貫いてしもうた」

「おまえさん、藤葵を独り占めにしようと殺したのではないのかえ」

「元之丞と大宮司の仲に嫉妬心がなかったといえば嘘になろうな。一瞬、力が入り、するりとあやつの喉首に雨斬丸が刺さり込んだとき、おれの体の中を喩えようもない快さが走り抜けたのは確かだ」

篠田は正直に告げた。

「殺しの直後に、大宮司が姿を見せられたな」

「大宮司め、おろおろしておったわ。その内、首に刺さっている剣が雨斬丸ではと気付いたか、一旦手を出しかけて宝物殿へと走っていった」

「藤葵の喉元の雨斬丸を抜き取って、どうしようと考えたのだ」

「大宮司の困った顔が見たかっただけの話だ。だが文をもらって、そうか、金になるのかと気付かされた」

「もはや終わりにございますよ」

「そうでもないわ。おまえの口を封じればよいこと。明日にも大宮司を強請って金子《きんす》を拵え、上方にでも高飛び致そうか」

「できますかえ」

篠田は手にしていた雨斬丸の包みを解くと、両刃の直剣を構えた。

「篠田弥曾平、おまえさんの相手はさ、おれじゃねえ。おまえ様の後ろのお方だ」

篠田が、
うむ
と振り返った。

破れ笠を被った矮軀の赤目小籐次がひっそりと立っていた。

「なんだ、こやつ」

「酔いどれ小籐次こと赤目小籐次様ですよ」

「なにっ、御鑓拝借の剛勇無双がこの爺か」

「いかにも、赤目小籐次にござる。そなたのお命申し受ける」

「ぬかせ」

雨斬丸を片手で胸の前に斜めに構えた様は、篠田がなかなかの腕前だということを示して堂々としていた。
小籐次は次直を腰に落ち着け、睨み合った。
一瞬の対峙《たいじ》の後、二人は同時に動いた。
巨漢の篠田は両刃の直剣の切っ先を小籐次の喉首へと向けて突進してきた。
突き下ろすような雨斬丸の切っ先を見ながら、小籐次の体が、
するり
と相手の内懐に入り込んだ。
ちゃりん
と鍔鳴りが響いて、次直が鞘走《さやばし》り、光になって篠田の腹から胸を深々と斬り上げた。
げえぇっ
「来島水軍流流れ胴斬り」
その声が湊町の浜に響いて、戦いが決着した。

第二章　裏長屋の国光

一

小籐次は、久しぶりに小舟に研ぎ道具を積んで芝口新町の堀留を抜けると、御堀から築地川を経て江戸の海に出た。佃島と鉄砲洲《てつぽうず》の間の水路を通り、大川河口を斜めに横切って深川の運河に舟を入れた。

波がおさまり風も弱まって、小籐次は櫓《ろ》に入れていた力を緩めた。まず蛤町《はまぐりちょう》の裏河岸に小舟を向けた。すでに船着場には白地の絣《かすり》を着て、菅笠を被ったうづの百姓舟が舫《もや》われ、女たちが瑞々《みずみず》しい泥付きの大根などを買い求めていた。

「うづどの、お久しぶりじゃ。皆さん、ご機嫌はいかがかな」

小籐次は小舟を船着場の杭に舫った。

「あら、赤目様。旅でもなさっていたの」

「そうではない。野暮《やぼ》な用事に追われておって本業を疎《おろそ》かにしてしもうた。今日からまた精を出すつもりじゃ」

「いいかえ、酔いどれさん。商いは飽きないといって毎日得意先に顔を出して、なんぼのものなんだよ。食い扶持を疎かにしていると客に嫌われるよ」

女たちの中からおかつが言った。

「真にもっておかつさんの申されるとおりだ。相すまぬことであった」

小籐次が破れ笠を脱いで頭を深々と女衆に下げると、

「あら、嫌だよ。そう素直に謝られると、こっちの恰好がつかないよ」

とおかつが慌てた。

小籐次は手拭《てぬぐい》を堀の水で濡らして固く絞り、顔じゅうに掻いた汗を拭った。

「そうだ。曲物師《わげものし》の万作さんがさ、おまえさんが来ないかと心待ちにしているそうだよ」

おかつが思い出したように言った。

「それは恐縮であった。早速これから訪ねてみよう」

「酔いどれ研ぎ屋が来ていると、町内に触れを出しておくよ」

「ありがたい」

と答えた小籐次は研ぎ道具を桶に入れながら、うづに、

「うづどの、昼餉に竹藪蕎麦《たけやぶそば》で、かけでも一緒にどうじゃ」

と誘ってみた。

「高菜握りをおっ母さんが持たせてくれたの。蕎麦と一緒に食べる」

「そいつは楽しみな」

小籐次はひょいっと船着場に商売道具を持って跳び、
ふわり
と下りた。

小舟は揺れず、船着場の板も音さえ立てなかった。

「さすがに御鑓拝借の酔いどれさんだねえ。まるで猫のように身軽だよ」

「年寄りの動きとも思えないよ」

女衆が感心する言葉を背に蛤町の路地へと上がった。

初夏の光と見紛《みまが》う陽射しが落ちる深川の通りを、天秤《てんびん》に飯台《はんだい》を振り分けた魚屋が走り、飯台から杉の青葉とぴーんと張った魚の尾が覗いていた。

黒江町八幡橋際の、檜《ひのき》材を使った曲物作りに一人励む万作の作業場に顔を出す

と、十五、六の見習いの姿があった。

「赤目の旦那、よかったぜ。急ぎの註文が入ってさ、猫の手も借りてえが、うちの仕事はだれでも連れてくりゃあいいってもんでもねえ。おまえさんに道具を研いでもらえると、それだけで助かる」

「お弟子を取られたようだな」

小籐次は土間に仕事場を拵えながら訊いた。

「おれの倅《せがれ》だ。外に修業に出していたんだがね、そっちの親方が中気になっちまってさ、どこぞ他の親方に付けようかとも考えたんだが、どうせなら他人よりおれが仕込むほうがいいかと引き取ったんだ」

と説明した万作は、

「太郎吉、このお方が赤目小籐次様だ。土間に筵を敷いて差し上げねえか」

額に汗を光らせて檜を鋸《のこぎり》で切っていた太郎吉が急いで立ち上がった。

「おうおう、体付きもしっかりとしていなさる。面構えもなかなかじゃ。親父どのを見習えば間違いはござらぬでな、しっかり気張りなされ」

「赤目様、こいつにさ、研ぎを教え込んでくれませんか。なあに、今日明日のことじゃあねえ、暇なときにゆっくりと教えてもらえればよい」

「それがしの拙《つたな》い技が役に立つなれば、なんなりと教えよう」

「有難い」

と答えた万作が、

「太郎吉、おめえの研ぎのお師匠様だ。よくお頼みするんだ」

太郎吉がぺこりと頭を下げた。

「赤目様の研ぎの腕は絶品だ。赤目様の手先の動きを見て、よくこつを教えてもらえ」

万作の言葉に、また太郎吉がぺこりと頭を下げ、

「よろしゅうお願い申します」

と言った。

「太郎吉さん、研ぎはあらゆる職人仕事の基でな。錆くれ、手入れの行きとどかぬ道具では一人前の仕事はできぬ」

「はい」

「研ぎの要諦は唯一つ、ひたすら研ぐことだ。仕事の出来具合は指の腹が教えてくれよう。その勘を養うには研ぐしかござらぬ」

小籐次は研ぎの仕度を終えると、たっぷり水を吸わせていた砥石で万作の道具

を研いだ。無心にひたすら研いだ。その様子を太郎吉が食い入るように見詰めていた。小籐次は太郎吉に研いでみろとは決して言わなかった。名人の万作の曲物の技を継承しなければならない太郎吉だ。手をとり、口で教えては身につかぬと考えたからだ。

「技は目で盗め」

これが最高の教えと思ったのだ。

太郎吉もまた、その場で研ぎの真似をするようなことはしなかった。

小籐次は最後に太郎吉の刃物を持ってこさせ、万作の道具と比較してみせた。万作の道具は年季が入った分、古びて手で触る箇所など摩滅していたが、きれいに手入れがされていた。それに比べて太郎吉の道具は、通り一遍の手入れで明らかに見劣りがした。

小籐次は父と子の道具を並べただけでなにも言わなかった。だが、太郎吉の顔が見る見る赤くなって恥ずかしそうな表情をした。

「わしが言いたいこと分るな」

「はい」

太郎吉は賢い若者なのだろう。直ぐにその違いに気がついたようだ。

「お父つぁんのような名人の手だけが、このように味わい深い道具を作ることができるのだ。この道具は名人のお父つぁんの長年の汗が生み出したのだ。よき手本となされよ」

「恥ずかしいことでございました、赤目様」

万作の仕事場での仕事は昼前に終わった。

蛤町の裏河岸の船着場への帰り道、竹藪蕎麦のある路地を通り、かけ蕎麦を二つ頼んだ。すると親父が、

「酔いどれの旦那、刃の丸まった刃物が溜まっていらあ。研いでくんねえか」

「昼から研ごう」

「ならば、蕎麦と一緒に船着場に届けさせるぜ」

と言ってくれた。

うづの百姓舟は姿を消していたが、小籐次の小舟に菜切り包丁などが六本置かれて、その下に文が残されていた。文には、

「得意先を回ってきます。昼には戻ります」

と書いてあった。

小籐次は小舟に研ぎ場を変えて、裏長屋のかみさん連が持ってきたであろう刃

物の研ぎを始めた。

一本研ぎ上げたとき、うづの声が川面《かわも》に響いた。

「赤目様、待った」

小籐次が顔を上げると、百姓舟の櫓を漕《こ》ぐうづの顔が水面の照り返しで、きらきらと光っていた。

「まだ蕎麦は届いておらぬ」

うづが百姓舟を巧みに船着場に着け、小籐次が舫い綱を杭に結んだ。

「あら、ここに届けてくれるの」

「刃物と一緒に届くことになっておる」

と小籐次が答えるところに、竹藪蕎麦の小僧が岡持ちに丼を入れ、片方に布包みの刃物を下げて、

「お待ちどお」

と姿を見せた。

「重吉さん、ご苦労さん」

うづは小僧と知り合いのようで、言葉をかけて岡持ちを受け取った。

船着場の板に並んで腰を下ろし、かけ蕎麦を汁がわりに高菜できれいに包《くる》まれ

た握り飯を一個ずつ食べて二人は満足した。

「うづどののおっ母さんの握りは絶品であるな」

「高菜漬けは自慢なの」

「そうであろう。飯に高菜の塩が染みてなんとも美味《うま》かった」

「赤目様がそう言っていたと伝えたら喜ぶわ」

うづは空になった丼を重ねて竹籔蕎麦に返しに行った。その間に小籐次は昼からの仕事の仕度を終えた。戻ってきたうづの手には蕎麦饅頭《まんじゆう》が二つあった。

「竹籔の親方にもらっちゃった」

と一つを小籐次に差し出した。

「まだ温かいな」

「おかみさんが作ったんですって」

二人は蕎麦饅頭のほんのりと漂う蕎麦の風味と甘さを味わった。

「青物が駄目になる前に、もう一仕事しなきゃあ」

青物を積んだうづの舟には筵がかけてあったが、それでも初夏を思わせる光が深川一帯に落ちていた。筵の下の品を見ていたうづが、

「値を下げなきゃあ、売れないわ」

と呟き、舫い綱を解いた。

「しっかりと稼ぐがよい」

「赤目様もね」

「明日も参るでな」

「じゃあ、また明日」

うづは百姓舟の艫《とも》に腰を下ろした半身《はんみ》の姿勢で櫓を操り、蛤町河岸を永代寺《えいたいじ》の門前町の方角へと去っていった。

一人船着場に残された小籐次は、界隈の長屋のかみさんの持ち込んだ包丁と竹藪の親方に頼まれた刃物を研いで、その昼下がりを過ごした。

八つ半（午後三時）時分になると、かみさんたちが自分の包丁を受け取りに来て、代金を支払っていった。七つ（午後四時）過ぎには竹藪の親方が大ぶりの茶碗を手に船着場に姿を見せた。

「親方、今、届けに参ろうかと思っていたところだ」

「そいつはいいや。こいつで喉を潤《うるお》してくんな。越後の地酒だそうだ」

親方の手元から酒のそこはかとない香りが漂ってきた。小籐次は研ぎ上げた刃物を布で包み、船着場に置くと、茶碗を両手で押し頂いた。

「頂戴しよう。蕎麦饅頭の味も格別であったが、酒はなににも替え難い」

まず茶碗の縁に鼻を置き、香りを楽しんだ。なんとも芳醇《ほうじゅん》な匂いが小籐次を刺激した。

「うーむ、堪《たま》らん」

舌先に酒精を転がしてみた。

小籐次は北国越後を旅したことはない。越後平野で育て上げられた米が深々《しんしん》と雪が降る中、杜氏《とうじ》たちによって丹精され、麹の湯気や、きれいに澄んだ酒が樽の中でたゆたう光景が脳裏に浮かんだ。

喉に落とした。

ふわり
と熟成された酒が五臓六腑に広がった。

「酔いどれ小籐次にはやはり酒が合うぜ」

と言った親方が研ぎ上がった刃物を手にとり、

「さすがは名人だ。赤目の旦那の研いでくれた刃物で蕎麦を切ると、切れがすぱっといいんでさ、汁につけたときに蕎麦に万遍なく絡むのさ。ありがとうよ」

と言うと腹掛けに用意していた研ぎ料を出した。

「親方、蕎麦と酒のお代で十分にござる」

「馬鹿言っちゃいけねえや。これだけの仕事をしてもらって、蕎麦と茶碗一杯の酒でちゃらにしたとあっちゃ、酔いどれ小籐次様に相すまねえや。とっといてくんな」

と紙包みを小籐次に差し出した。

「よいのか」

「手間仕事で銭とらなきゃあ、口が干上がるぜ」

小籐次は残った茶碗の酒をくいっと飲み干した。

「甘露でござった」

「明日も来るかえ」

「うづどのと約束したでな、参る」

「昼時分になんぞ届けさせよう」

親方が商売道具を抱えて船着場を河岸へと上がる背に、傾きかけた日が赤く落ちていた。

小籐次は砥石を桶の水で丁寧に洗い、石の表面を手触りと目で確かめた。どこにも傷はない。

「よし」

手早く後片付けをすると、舫い綱を解いた。

芝口新町の堀留の石垣に小舟を着けたとき、おきみが井戸端から声を掛けた。

「浪人さん、さっき久慈屋の小僧が来てさ、言付けを残していったよ」

「ほう、なんだな」

「戻られたら一度、店に顔出しして頂きたいとさ」

「道具を仕舞ったら、この足で参ろう」

「道具はそこに置いときな。おれが部屋に入れておくよ」

仕事を終えた様子の勝五郎が姿を見せて、小籐次が持ち上げた桶を受け取った。

「頼もうか」

小籐次は道具を勝五郎に頼むと、小舟の舳先《へさき》を巡らした。新兵衛長屋から芝口橋の久慈屋までは直ぐの間だ。

船着場では荷を下ろした久慈屋の持ち船の掃除が行われていた。堀の水をかけて束子《たわし》をかけていた。

「ご苦労だな」

小籐次の言葉に船頭たちが、

「赤目様もお疲れ様にございます」

と言葉を返してきた。もはや赤目小籐次は久慈屋の奉公人は言うに及ばず、出入りの商人《あきんど》、船頭たちにも、

「身内同然」

に受け入れられていた。それが小籐次にはなんとも気持ちがいい。

「大番頭さんがお待ちですよ」

と河岸から小僧の国三が叫んだ。

「使いに来てくれたのは国三さんか」

「はい、私です。難波橋の親分もお出でです」

ということは、過日の騒ぎの後始末がついたということか、などと考えながら店を訪ねると手代の浩介《こうすけ》が、

「大番頭さんは奥でお待ちです」

と声をかけてきた。

「仕事から帰ったばかりでな、ちと待たれよ」

一旦表に出た小籐次は衣服の汚れを手拭で叩き、破れ笠の紐を解いた。上がり

框で足を拭った小籐次を浩介が奥へと案内してくれた。

縁側に秀次と観右衛門がいて、茶を喫しながら奥座敷の昌右衛門と談笑していた。どことなく和やかな雰囲気で、騒ぎが一段落ついたことを思わせた。

「おおっ、見えられましたかえ」

秀次が振り返った。

「言付けを聞いて駆け付けました。仕事着ゆえ、ちとむさい恰好で失礼致す。もっともこれ以上の衣服はござらぬがな」

「赤目様、お久しぶりにございますな」

奥座敷から昌右衛門が声をかけてきた。

「昌右衛門どの、無沙汰《ぶさた》をしております」

「此度は芝神明の大宮司の一件で汗を搔かせました」

「なんの」

と答える小籐次に、

「寺社奉行と町奉行の両者で話し合いがつきましてございます。陰間の藤葵殺しは宮芝居坂月段五郎一座の居候、篠田弥曾平の仕業ということで一件落着しました。ただ、発端となったのが西東正継大宮司と藤葵と篠田の男色模様、西東大宮司には寺社奉行からきついお叱りがあり、当分、大宮司どのには謹慎が命じられたそうです」

「そいつは気の毒に」

「いえ。この程度で始末がついたのは、篠田弥曾平の口を赤目様が封じられたからです」

「それがし、篠田の口封じをした覚えはない。あやつ、なかなかの腕前であれしか勝負の決着はつかなかった」

「こいつは口が滑った。仰るとおりにございました。口封じの金子を使われたのは大宮司でした。苦い薬にございましょうよ」

と秀次は、西東正継が寺社奉行、町奉行双方に賄賂を贈ったことを示唆した。

「本日、赤目様をお呼びしたのは大宮司西東様の願いゆえです。本来なればお目にかかってお礼を申すところなれど、謹慎の身ゆえ、後日また改めてと私に申されておりました」

「そのようなことは無用にして下され」

昌右衛門は文机《ふづくえ》の傍らから一剣を取り出すと、小籐次ににじり寄り、差し出した。

「まずはご覧下され」

黒蠟塗《くろろうぬり》大小拵の大刀だった。

「拝見仕《つかまつ》る」

懐紙を口に咥《くわ》えて抜いた。

反りは緩やかで刃渡り二尺二寸前後か。手入れが悪く、刃に曇りがかかっていた。だが、見事な造りである。

地鉄《じがね》小杢目《こもくめ》。刃文には美濃鍛冶の特徴、三本杉が見られた。

「孫六兼元《かねもと》だそうにございます」

「見事な逸品にございますな。但し、手入れが悪い。これでは名工孫六兼元に具合が悪かろう」

「赤目様、存分に研ぎをなされ」

「それがしに研ぎを致せと申されますか」

「西東正継大宮司からのお礼です」

「な、なんと、法外な」

「なあに、大宮司の首が繫《つな》がったのでございますよ。刀の一振りや二振り、安いものです。なにしろ、宝物殿の刀簞笥には何十振りもの銘刀が眠っておるんですからな」

と秀次があっさりと言った。関の孫六三本杉で有名な二代孫六の作刀は最上大《さいじょうおお》業物《わざもの》とされた。

小籐次が昌右衛門を見た。

「納めておきなされ。それで大宮司の心が落ち着かれるのでしたらな」

昌右衛門が笑い、小籐次は手の孫六兼元の刃文、尖《とが》り互《ぐ》の目に惚れ惚れと見入った。

二

小籐次は行灯の灯心を掻き立てて、灯りを強くした。

久慈屋で夕餉を馳走になり、軽く酒を頂戴して長屋に戻ってきた。手には頂戴した孫六兼元があった。

改めて刃を見ているうちに、荒研ぎだけでもかけておきたい誘惑に囚《とら》われた。

そこで灯りを強くしたのだ。

刀は折り返して何度も鍛造される。そこでいろいろな模様が刀身にあらわれる。

地肌、鍛《に》え肌という。

この孫六兼元は見事な板目肌であった。鍛え上げられた刀身には土取りをして焼入れが行われた。この焼入れによって多彩な文様が生み出されるが、これは刃文という。

互《ぐ》の目垣のように一定の間合いを持ち、整然とした乱れ刃ができ上がることがある。これを互の目の刃文という。互の目に乱れた刃文の先端が尖ったものを尖り互の目というが、尖り互の目が三つずつ組になって刃文を作るものを、

「三本杉」

と呼称した。

関の孫六系の焼き刃に多い特徴だ。

小籐次の手にする孫六兼元には、この三本杉が見事に浮き出ていたが、長年手入れが行われなかったとみえて、曇っていた。

小籐次の愛剣、次直は二尺一寸三分だ。それより八分ほど長かった。両手で構えてみると微妙に重さが異なった。次直より数十匁《もんめ》ほど孫六兼元が重かった。少し体に馴染む時が要るにせよ、扱い難《にく》いというほどではなかった。

小籐次は部屋の中央で片膝をつくと、兼元を腰に差し、鞘を帯の間に落ち着け

るように扱《しご》いた。

九尺二間の長屋だ。四畳半の広さが兼元を振り回せる空間だ。

小籐次は前後左右、天井に目を配った。

持ち物などなにもない。それゆえ四方に一間半の余裕があった。高さも片膝をついたゆえに切っ先が当たることはない。ただ頭と体に言い聞かせた。普段使い慣れた次直と八分の差があることをだ。

瞑想《めいそう》数瞬、

「来島《くるしま》水軍流正剣十手脇剣七手」

の声が洩れた。

柄に小籐次の右手が動き、一気に抜き上げると横車に引き回された。

長い間、眠りに就いていた兼元が目を覚ました。刃が一条の光になって躍り、空間を横一文字に斬り分けた。

刃が空気を乱すことなく両断した。

その切っ先が虚空へと跳ね上げられた。

小籐次が孫六兼元を振るうのは新兵衛長屋の狭い部屋だ。だが、小籐次の脳裏には広大無辺の宇宙が広がり、兼元が無限域に躍動し、二つ四つと目に見えない世界を斬り分けた。

来島水軍流の剣は揺れる船上で振るわれるように工夫されたものだ。ために、どっしりとした下半身が太刀風の速さを生み出した。

小籐次はいつもより緩やかに剣を遣った。孫六兼元の感触を確かめるためだ。縦横無尽に長屋の空間に曲線と直線を描き尽した小籐次は動きを停止して、ゆっくりと納刀した。

「よき手応えかな」

小籐次の口からその言葉が洩れ、研ぎの手順に思いを馳《は》せた。

諸々の想念の後、小籐次は孫六兼元の目釘《めくぎ》を抜き、柄を外して茎《なかご》を晒《さら》した。

「濃州赤坂住兼元」

とあり、裏銘に、

「臨兵闘者皆陣列在前《りんぴょうとうしゃかいじんれつざいぜん》」

とあった。

兵《つわもの》の闘いに臨む者は皆陣列の前に在れ。

小籐次は室町期に流行った言葉を諳《そら》んじた。

「兵は戦いに際して避けず。兵とは赤目小籐次のことだ」

それが武士の覚悟の言葉から得た理解だ。

結局、その夜は研ぎに入ることなく孫六兼元、刃渡り二尺二寸一分を眺めて時を過ごした。

日中の光の中で十分に時間をかけて研ぐ、それが小籐次の決意だった。

翌日、赤目小籐次は朝、蛤町裏河岸に舟を着けてうづの百姓舟と落ち合い、昼前まで界隈の長屋に御用聞きに回って註文を取った。

朝の間、三本の研ぎ註文があっただけだった。だが、夜半まで孫六兼元を仔細に調べ、研ぎの作業をどう進めるか考えていた小籐次には、ちょうどよい註文だった。

「赤目様、なにかあったの。いつもと違うわ」

客がいなくなった頃合、うづが訊いた。

「なにっ、うづどのは人相も見られるか」

「人相なんて見られないけど、赤目様の顔がいつもより綻《ほころ》んでいるわ」

「ちと野暮用を果たしたのだが、礼に関の孫六兼元を頂戴した」

「孫六兼元ってなあに」

「刀じゃ。美濃の関という地に刀工が集まり、技を磨かれた。室町も後のことだ。そこで鍛造された剣を末関《すえぜき》と称するが、この刀工の一人が孫六兼元様だ。元来、それがしのような貧乏侍には勿体《もったい》なき逸品でな。ただし手入れが悪いによって、どう研ぐか考えているうちに思わず笑みが洩れたのであろうな」

「うづには分らない気持ちだわ」

「刀は人斬り包丁と申すものもおる」

「違うの」

「刀はたしかに人を斬ることもある。だが、本来は人を活かすためにある。人の心を磨き、精神を鍛錬する道具でなくてはならぬ。ゆえに武士の魂といわれる」

と答えながら小籐次は心の中で恥じた。

結局、刀の究極は武器としての斬れ味にあるのではないか、そこに真価があるのではないか。となれば、刀は身を守るのであれ、

「人斬り包丁」

と蔑《さげす》まれても致し方ないことではないか。

(我はなんのために剣を遣うや)

結局、この命題に行き着いた。

小籐次はうづの素直な視線を感じながら、

「うづどの、赤目小籐次、恥ずかしながらこう考える。わが一剣と命を主君のために、愛すべき人のために振るい、投げ出したい。そう願う」

「赤目様は御鑓拝借をなそうと覚悟なされたとき、主君があったのね」

「旧主久留島通嘉《みちひろ》様のために戦い申した」

頷いたうづが、

「赤目様の愛する人とはだれなの」

小籐次の脳裏に迷いもなく旗本水野家の奥女中おりょうの顔が浮かんだ。

「それはだれでもよいのだ。赤目小籐次を信じてもらえる人なればな」

「うづでもよいの」

「おう、よいよい」

しばらく考えたうづが、

「うづはまだ命を投げ出すほど好きな人がいないわ。でも、赤目様のお気持ち、よく分るわ」

と答えた。

うづの百姓舟が蛤町の裏河岸を去った後、小籐次は曲物師の万作の作業場を訪ねた。すると万作と太郎吉が檜を相手に格闘していた。曲物に加工する薄板を切り出しているのだ。

「赤目様か、ちょうどいいと言いたいが、根岸屋の安兵衛親方が赤目様の来るのを待っていたぜ。そっちが先だな」

「ならば、この足で訪ねてみよう」

根岸屋は同じ町内の経師屋《きょうじや》だ。弟子も数人はいる大きな経師屋で、寺の襖《ふすま》張りの仕事を請けたとか、大忙しの最中だった。

「親方はおられようか」

桶を抱えた小籐次が声をかけると、奥から安兵衛が、

「赤目様、猫の手も借りたいところだ。ちょうどよかった」

と裁ち包丁などを五、六本抱えてきた。

「店の前をお借りしてよいか」

「板の間に上がりませんかえ。片付ければ、赤目様が仕事するくらいの空きはある」

「こちらは水を扱う仕事だ。張替え中の襖に水がかかってもならぬ。陽の当たる店の前がなんぼか気楽でな」

「好きなようにしなせえ」

と答えた安兵衛は小籐次のために茣蓙《ござ》を敷いてくれた。

店の前は河岸道で柳の葉が風に揺れ、堀を行き交う舟も見えた。小籐次は根岸屋の井戸から桶に水を汲《く》んできて、裁ち包丁から研ぎ始めた。すると藁《わら》づとに立てた風車がからからと風に回った。風車の脇には竹とんぼや竹笛も立ててあった。

一本目の道具を研ぎ終えた頃合、町内の子供たちが風車の音に誘われたように集まってきた。仕事をする小籐次の周りを囲んだのは六人ほどの洟垂《はなた》れ小僧どもと、七つ、八つの娘も一人混じっていた。仲間の中で一番大きな小僧が餓鬼《がき》大将のようだ。奉公に出る前の十二、三歳か。

「おい、研ぎ屋。この風車はよく回るな」

餓鬼大将が風に回る羽根を強引に摑んで止めた。

「触るなれば、そっと触るのじゃぞ」

「売り物か、いくらだ」

「売り物ではない。研ぎを頼んでくれたお客様への引き物じゃあ」

「研ぎに出せば、ただでくれるというのか」

「そういうことだ」

「研ぎ代はいくらだ」

「四十文だ」

「高えな」

餓鬼大将は迷うように風車を見ていたが、

「おれが研ぎを頼んでもくれるか」

「お客様じゃによってむろん差し上げる」

「待ってな」

と餓鬼大将が長屋にでも戻るか、冷や飯草履をばたばたさせて走り去った。

「あの小僧さんの名はなんというな」

洟垂れどもに訊いた。

「万徳院裏長屋の達ちゃんだよ」

洟垂れ小僧の一人が言った。

「達吉か、達二郎か」

「達ちゃんは達ちゃんだよ、研ぎ屋」

「達ちゃんは小刀でも持っておるのかのう」

「研ぎ屋、驚くな。達ちゃんの短刀はよう切れるぞ」

「ほう、短刀を裏長屋の小僧さんがお持ちか」

「達ちゃんだよ」

「いかにも達ちゃんであったな」

小籐次は小僧どもと話をしながらも刃物を研ぎ続けた。

再び草履の音がして、達ちゃんが姿を見せた。手にぼろ布で包んだ細長いものを持っていた。

「研ぎ屋、おまえの腕は確かか」

達ちゃんが汗を搔いた顔で訊いた。

「面と向って腕は確かかと訊かれたのは初めてだ。確かと答えるのも面映《おもは》ゆいが、なんとか得意様には満足してもらっておる」

「四十文だな」

達ちゃんは握り締めてきた手を開いて突き出した。汗に塗《まみ》れた銭があった。

「達ちゃん、刃物を見せよ」

「見て、高くふっかけようなんて考えるんじゃあねえぞ」

「そのような了見《りようけん》は持っておらぬ」

よし、と答えた達ちゃんは銭を一旦袖に仕舞い、

「ほれ」

ともう一方の手に持っていたぼろ布に巻かれたものを突き出した。

「拝見しよう」

小籐次は手拭で両手の汚れを拭き取り、達ちゃんの差し出した刃物を受け取った。包まれていたぼろ布は赤ん坊のおしめのようだ。

小籐次はおしめを解いた。白木の鞘の短刀が姿を見せた。白木は時代がかったもので飴《あめ》色に変じていた。また手垢もついていた。

おそらく達ちゃんが汚れた手で触った跡であろう。

小籐次は鞘を払った。

光の中に見事な短刀が姿を見せた。

平造《ひらづくり》、内反《うちぞり》の優美な短刀の刃渡りは九寸三分（約二十八センチメートル）か。小沸《こにえ》のよくついた直刃で、冴え渡った作刀だ。

「ふーむ」

と小籐次は唸った。

裏長屋の小僧の持ち物ではなかった。

「達ちゃんや。この短刀、どうしたな」

「研ぎ屋、おめえの仕事は研ぐことでよ、他人の持ち物を詮索するこっちゃねえや。ごちゃごちゃ言うなら頼まねえや」

と奪い取ろうとした。

小籐次が抜き身をすいっと背後に回した。手でも怪我してはならぬと案じたからだ。

「てめえ、おれのものを盗もうというのか」

と叫んだ達ちゃんの後頭部をぴしゃりと叩いた者がいた。経師屋の親方の安兵衛だ。

「こら、達公。おめえは天下の赤目小籐次様に向ってなんてことをぬかすんだ。生意気な口を今のうちに直しておかねえと奉公にも出られないぜ」

と怒鳴り上げた。

「だってよ、親方。この研ぎ屋がおれの短刀を返してくれないんだよ」

達ちゃんの訴えを無視した安兵衛親方が、

「赤目様、どうなさった」

と訊いた。

「達ちゃんが持ち込んだ短刀じゃが、曰《いわ》くのありそうな逸品でな。感心しておった」

「名のある刀鍛冶の作ですかえ」

「まず間違いなかろう」

と答えた小籐次は、

「達ちゃんや、そなたの短刀を盗《と》ろうなどとは考えておらぬ。すまぬが、銘を調べさせてもろうてよいか」

「銘とはなんだ」

「銘とはな、刀鍛冶が自信のある作刀ができたときに茎に刻む名のことだ」

「そんなもんどこにもねえぞ」

小籐次は目釘を外すと、白木の柄を抜いた。

茎には国光《くにみつ》の二文字があった。

「驚き入った次第かな」

小籐次の嘆息に安兵衛が、

「どうしなさった。名のある刀鍛冶の作かえ」

と訊いた。

「新藤五《しんとうご》国光は鎌倉期の名人で短刀の名手といわれた刀鍛冶だ。五代将軍綱吉様も所蔵と聞いたことがある」

「達次。おめえ、こいつをどうした」

安兵衛親方が達ちゃんに訊いた。名前は達次というらしい。

「おれんちに伝わる短刀だよ」

「馬鹿ぬかせ。おめえの親父は瓦《かわら》職人じゃねえか。長屋の住人が持つ代物じゃあねえと赤目様は仰っているんだ」

「親方、おれがどこからか盗んだというのか」

「そうではない。事情を訊いておるのだ」

「もう、頼まねえ。返してくんな」

そう言われれば小籐次がいつまでも持っている謂《いわ》れはない。鞘に納め、おしめに包んで達次に差し出すと、

「達次や、こいつはおまえたちが竹切れを引き切ったりする刃物ではない。大切にな、しかるべき場所に保管しておくのだ。分ったな」

達次が小籐次の手から国光を奪い取ると、

「余計なお世話だ。黙って仕事をすりゃあいいものを、仕事一つなくしちまったな、研ぎ屋」

と捨て台詞《ぜりふ》を残し、仲間を連れて走り去った。

「赤目様」

「うーむ。父親に事情を訊いたほうがいいかもしれぬな」

「そいつは駄目だ。親父の陽吉は酒にだらしない男でしてな、銭があるだけ酒を飲む、いや、飲まれる男だ。日傭《ひようと》取りの給金も、親方が女房のおしかに直に渡すほどなんで。国光なんて代物があると知ると、質屋に走って曲げることしか考えませんや」

「そのような長屋に国光があるのは訝《いぶか》しいな」

「訝しいどころじゃありませんぜ。一度、大家に相談してみましょう。なんぞ起こってからでは遅いですからね」

「それがよろしかろう」

と答えながら、いくら研ぎ屋の小籐次とはいえ雨斬丸といい、孫六兼元といい、此度の新藤五国光といい、名刀に縁のある日々かなと考えていた。

三

翌日、前々から顔を出そうとしていた富岡八幡宮《とみがおかはちまんぐう》の門前町にある料理茶屋歌仙楼の裏口で店開きをして、研ぎ仕事に没頭した。

久しぶりに顔を出したというので、女将のおさきが店じゅうの刃物を出してくれたうえに近所の店に註文取りに歩いてくれ、一日分の仕事がたっぷり集まった。おさきは昼餉まで出してくれた。奉公人が食する賄《まかな》い食で丼に飯を盛り、味噌仕立ての汁で煮た浅利をのせたもので、その上に散らされた小葱《こねぎ》と合ってなんとも美味かった。

昼からの仕事を再開して一刻（二時間）も過ぎた頃合か、

「赤目様、やっぱりこちらにおられたの」

と言いながら、うづが姿を見せた。

「うづどのか、蛤町から今日は河岸を変えたところだ」

「赤目様、経師屋の安兵衛親方から言付けよ。なんでも万徳院裏長屋の達次さんの一家が厄介に巻き込まれているんですって」

「なにっ、やはり国光が災いをもたらしたか」

「一体なんのこと」

経緯《いきさつ》を知らないうづが聞いた。

「うーむ」

小籐次は昨日起こった短刀国光の一件を告げた。

「国光ってお武家様の持ち物なの」

「それも五代様が前田家から献上されるほどの代物だ」

「そんなものが裏長屋にあるなんておかしいわ」

「いかにも訝しゅうござる。早仕舞いして安兵衛親方の店に寄って参ろう」

「力になってあげて。達次さんはきっと短刀を拾うかどうかしたのよ」

頷いた小籐次は残った仕事に専念することにした。

七つ（午後四時）過ぎ、ようやく片がついた。

「女将さん、一日造作に与《あずか》った」

「おや、仕事は終わったかえ」

「女将さんのお力で大いに稼がせてもろうた」

「そんな日もなきゃあ」

と答えたおさきが、

「帰りにお飲み」

と貧乏徳利に茶碗を添えて渡してくれた。

「なにからなにまで痛み入る」

桶に酒の香が漂う徳利を立てて小舟に戻り、堀伝いに黒江町の堀に入れて安兵衛の店の前の石垣に着けた。幅の狭い石垣を上がって河岸道に出ると、前は経師屋だ。安兵衛の店では今日も大量の襖張りに追われていた。

「親方、うづどのの言付けを聞いて参った」

板の間で刷毛《はけ》を使っていた安兵衛親方が、

「おおっ、深川で仕事をされていたか」

と立ち上がって表に出てきた。糊《のり》がこびりついた手を店の土間にあった桶の水で洗った安兵衛が、

「どこでどうだれが聞き耳を立てているか、油断も隙《すき》もあったもんじゃあねえな」

と腹立たしげに吐き出した。

「昨日のやりとりを聞いていた者が何人もいたんだよ」

「なんとのう」

「まずさ、永代寺門前で南町から鑑札をもらった黒船の寅太郎って御用聞きがおりましてね、こいつが深川の岡場所を縄張りにしてさ、裏では女郎屋と賭場もや

っていようという二足ならぬ三足の草鞋《わらじ》の親分だ。人の心よりも小判のあるほうに目がいくって、あまり評判がよくねえ。こいつの手先か下っ引きが昨日のやりとりをどこぞで聞き込んだとみえて、夜中に達次の長屋に番頭格の幹三を頭に押しかけたと思いなせえ」

「うーむ。それで」

「寝込んでいた一家を叩き起こして、国光はどこだと怒鳴り上げたらしいや。だが、親父の陽吉ら家族は事情が分らず、ぽかんとしていたらしい。そこでさ、達次を脅しつけて、万徳院の庭に生えた樫《かし》の老木の洞《ほら》に国光を隠していることを白状させた。そこで早速、達次を連れて、万徳院の老木の洞に駆けつけたというわけだが、なんと、もぬけの殻《から》だったというのだ」

「それはまたどうしたことで」

「達次はたしかに昨夜隠したと言い張ったらしいが、隠したものがないとはどういうことか。親父の陽吉が知っていて、どこぞに売り払ったに相違あるまいと寅太郎の許《もと》に引っ立てたというのだ」

「なんと、危惧していた騒ぎが早起こったか。それで陽吉の身柄はまだ寅太郎の所か」

頷いた安兵衛が、

「赤目様、なにがなんでも達次から国光を取り上げておくんだったねえ」

「考えが足りなかったな。それにしても、だれが国光を持ち去ったか」

「おれもさ、昨日のことを思い出してみた。確かに通りすがりの人は何人もいたがさ、立ち止まって聞き耳を立てていた野郎がいたなんて気が付きもしなかったぜ」

小籐次にも覚えがなかった。

「親方、寅太郎親分のところに参り、われらが揃って昨日の経緯を申し述べても、陽吉を解き放ちにはしてくれまいな」

「寅太郎はこの一件が大金になると考えたんですよ。となれば、大金を手にするまで決して陽吉の身を解き放ちにはしませんって」

「だが、陽吉はなんの関わりもないのであろう」

「へえっ。わっしが見るところ寅太郎は、達次が嘘を言っていると思ってましてな、陽吉を捕まえておいて達次が折れるのを待っている按配《あんばい》にございますよ」

「国光をどこで手に入れたか、達次に訊くのが先だな」

「ところが、万徳院裏の長屋には寅太郎の手先の目が光ってますぜ」

小籐次はしばし沈思した。

「親方、だれかを川向うまで使いに出してはもらえぬか。芝口一丁目難波橋に秀次親分が一家を構えておられてな。餅《もち》は餅屋だ。それになにより人柄がよい。小判に目が眩《くら》むお方でもない。この気心の知れた秀次親分の力を借りよう」

「寅太郎が、縄張り外の親分が手を出すことをどう思うかねえ」

安兵衛はそのことを案じた。

「親方、国光の出所といい、どこに消えたかといい、探索することはたくさんある。まずその筋に力を借りよう。仲間内の仁義は秀次親分がよくご存じだ」

安兵衛はしばし考えた後、

「行きがかりだ。経緯も承知のおれが川を渡って秀次親分に頼んでこよう」

と言い出した。

「ご足労だが、それが一番だ」

「赤目様はどうなさるな」

「達次の仲間がどこに住んでおるか教えてくれぬか。念のため、子供たちに訊いてみようと思う」

寅太郎一家が見張る達次は、この際、後回しだと小籐次は考えた。

「達次の腹心はひょろ松ですよ。うちの裏手の長屋だ。こいつに聞けば昨日の面々のことは教えてくれまさあ」

安兵衛がひょろ松こと松五郎の長屋のある路地まで連れていってくれた。

二人はそこで別れた。

小籐次は石垣下に舫った小舟に戻り、藁づとに立てた風車や竹とんぼを手に取り、再び河岸道に上がった。

小籐次は曲がりくねった路地の突き当たりにある長屋の木戸口に立った。

木戸の柱もだいぶ傷んで斜めに傾いていた。そのうえ、どぶの臭いがぷーんと漂ってきた。掃除が行き届いていないのだ。

夕餉の仕度の刻限だ。井戸端に女衆が集まり、子供たちがその周りを走り回っていた。

どぶ板をそっと踏んで井戸端に行った。

「あっ、兄《あん》ちゃん、研ぎ屋が来たぞ」

目敏《めざと》く小籐次の姿に目を留めたのは、達次の仲間でただ一人の女の子だ。継ぎの当たった花柄木綿の袖を鼻水で光らせた娘の声にもう一人、見覚えのある顔が上目遣いに小籐次を見た。ひょろりとした体付きからいって、ひょろ松と呼ばれる松五郎だろう。

「松五郎だな」

ひょろ松が狡猾《こうかつ》そうな目で小籐次を睨んだ。

「なんだよ、うちの子に用事かえ」

背に赤子を負った蓬髪の女が口を尖らせた。

「おかみさんか。達次のことでな、なんとか力になれぬかと参ったところだ。松五郎と話をさせてもらえぬか」

「達公の父親が寅太郎にしょっ引かれたって」

「そうなのだ」

小籐次はおかみさんがおぶった赤子の手に風車を握らせた。すると女が、

「ひょろ松、おまえが知っていることを研ぎ屋の侍に正直に話しな。いいか、ひょろ松、この爺様はな、なりは小さいが剣術の腕はなかなかのものなんだよ」

赤目小籐次のことをだれかから聞いたか、奴《やっとう》、そう言った。

「おっ母さんから許しが出た。松五郎、ちと話がしたい。外に出ぬか」

と誘った。すると、ひょろ松がしぶしぶという顔付きで従い、女の子も付いてきた。

「そなた、松五郎の妹か」

「あたいは、たけだよ」

「松五郎の妹でたけか。うめはおらぬのか」

「おっ母さんに負ぶわれた赤ん坊がうめだよ」

「松竹梅が揃ったか」

小籐次は二人を万徳院の門前に連れ出した。

「ひょろ松、そなた、達次の親父どのの身を心配していような」

「寅太郎は阿漕《あこぎ》な十手持ちだからよ。ちっとやそっとじゃあ、解き放ちにならねえぜ」

「達次の一家を助けたい。手助けをしてくれぬか」

「爺様一人でやるというのか」

「仲間もおらぬわけではない」

「なにをすればいい」

ひょろ松が小籐次の様子を窺うように上目遣いに見た。

「そなた、達次があの短刀をいつ手に入れたか、その経緯を承知か」

ひょろ松はしばし沈黙を続けていたが、

「ほんとうに達ちゃんのお父つぁんを助けてくれるのだな」

「武士に二言はない」

「二月《ふた》も前のことだ。長雨が降った日の夜明けにさ、海辺新田の葦原《あしはら》に仕掛けた鰻罠《うなぎわな》を確かめに行ったんだ。おれと達ちゃんの二人だけだ。何本も仕掛けた竹筒を調べていくと、大きな鰻が三匹もかかっていたからさ、鰻を卸す算段を考えているとよ、まだ薄暗い夜明けに灯りもつけずに猪牙《ちょき》がやってきて、しばらく止まっていたんだ。頬被りした侍が二人ばかり乗っていたがよ、押し黙ったままだ。おれと達ちゃんはなんとなく危《やば》いって考えて、音も立てずに葦の茂みにひっそりと座っていたと思いねえ。すると、今度は荷足り舟がやってきてさ、こっちは商家の奉公人のような風体だ。猪牙の荷が急いで荷足りに載せ替えられようとしたときよ、木場の川並《かわなみ》を乗せた舟が通り過ぎたんだ。すると、大慌てに荷を載せ替えて、その場から立ち去ったんだ。おれは気が付かなかったがよ、達ちゃんはあいつらが短刀を落としていったことを見ていたらしく、拾って懐に入れたんだ」

「白木のまま落ちていたか」

「いや、きんきらきんの裂れの袋に入っていたぜ」

「その袋、どうしたな」

「達ちゃんは曰くのありそうな袋に入っていちゃあ危いってんで、鰻取りの帰りに捨てたんだ」

「どこに捨てたな」

「海辺新田さ」

「その場にか」

「いや、一町ばかり離れた葦原だ」

「水に流されたと思うか」

「葦原の中だ、あれから大雨もねえや。あるだろうよ」

「これから一緒にそこまで案内《あない》してくれぬか。おっ母さんが心配するといかぬで、たけを長屋に置いていこう」

「いやだ、あたいも行く」

涙を垂らしたたけが嫌々《いやいや》をした。

「致し方ないな。まだ日も高い。舟で行けば時間もかかるまい」

小籐次はひょろ松とたけの兄妹を小舟に乗せて、永代寺から富岡八幡宮、さらに三十三間堂を回って汐見《しおみ》橋に出ると、海辺新田が江戸前の海と深川の町を分かつ洲崎に出た。

「ひょろ松、短刀の行方が分らぬようになったが、なにか心当たりはないか」

「それだ。あの場所は仲間内しか知らねえ筈なんだがな」

ひょろ松が首を捻った。

達次とひょろ松が鰻の罠を仕掛けた場所は、平野橋のそばから南に葦原の水路を分け入ったところだった。

夕日が江戸八百八町の向こうに落ちようとしていた。葦の間に西日が差し込み、その明かりの中の葦の幹に、達次が捨てたという古代裂れで作られた袋は絡まって見つかった。

「爺様、それだ。そいつに間違いねえや」

小籐次は半ば水に浸《つ》かった袋を手にとった。どう見ても常人の持ち物ではない。新藤五国光を納めるに相応《ふさわ》しく、大身旗本か大名家の細工ものだった。

小籐次はどこぞに名前でもと思ったが、そのような記載はなかった。ただ、袋に杏葉牡丹《ぎょうようぼたん》の家紋が縫い取られてあった。

「ひょろ松、そなたのお蔭で大きな手がかりを得たようだ。礼を申す」

と頭を下げた小籐次はひょろ松とたけの兄妹に、

「これで白玉でも買え」

と十文ずつ渡した。

「あたいは白玉より塩煎餅《せんべい》がいい」

「よいよい。塩煎餅なら四文で買えようわえ」

再び黒江町の経師屋の前の石垣に戻り、小舟を舫ったとき、夕闇が迫っていた。

河岸道に上がると、経師屋は店仕舞いの最中だった。

「親方はまだ戻ってこられぬか」

「赤目様、まだだねえ。川向こうを往来して用事を済ますとなると、まだ半刻（一時間）は無理だな」

職人の兄貴分が答えた。

小籐次はひょろ松とたけの兄妹を長屋の木戸口まで送り、長屋の入口に立つ母親に、

「おっ母さん、二人を遅くまで引き回して相すまなかった」

「役に立ったかえ」

「大いに役立ったぞ。早晩、達次の親父どのも戻れよう」

と言うと、木戸口から引き返した。

ちょうど経師屋の通いの職人が店を出ようとしていた。

「赤目様、店で親方の帰りを待ちませんかえ」

「舟のほうが涼しいでな。あちらで待たせてもらおう」

石垣の下に舫った小舟に乗り込み、歌仙楼のおさきにもらった貧乏徳利の酒を茶碗に注いだ。

こんもりと盛り上がった茶碗の縁に口を寄せようとすると、残照が酒精に映えて揺れた。

小籐次は茜色《あかね》に染まった酒をゆっくりと飲み干した。

喉から胃の腑に流れ落ちた酒が、小籐次を陶然とした世界に誘《いざな》った。

(これがあるで人間やめられぬわ)

暮れなずむ深川の堀端で茶碗酒を二杯飲み干したとき、櫓の音が響いて猪牙が姿を見せた。

「赤目様、お待たせしましたな」

秀次と手先の銀太郎が手を振り、安兵衛親方が、

「なんですよ。うちに入って待たれればよいのに」

と言った。

「舟のほうが涼しいでな。我儘《わがまま》を許してもらったのだ」

猪牙が小籐次の小舟に舳先を接して止まり、銀太郎が小舟の縁を手で押さえ、安兵衛が小舟に乗り移ってきた。

秀次は舟賃を支払い、小舟に乗り込んだ。

「赤目様が茶碗酒をなさっておるところを見ると、なんぞございましたかな」

「達次の仲間が国光を手に入れた経緯を存じておった」

小籐次は懐から古代裂れの短刀袋を出して見せながら、聞き込んだ経緯を話した。

秀次は家紋の杏葉牡丹を注視したが、その場ではなにも言わなかった。

「心配なのは、達次の親父どのが土地の御用聞きに捕まっておることだ」

「赤目様、寅太郎とは面識がねえわけではございません。そこでな、こちらに来る前に縄張り外だが、曰くがあっておれも乗り出したと挨拶しておきました。仲間が釘を刺したんだ。一晩や二晩、無法な真似は致しますまい」

「短刀の出所《でどこ》も問題だが、だれが国光を持ち去ったかだな」

「それですよ。ひょろ松は嘘を言っているふうはねえんですね」

「まず虚言《そらごと》ではなかろう」

「残りの四人の餓鬼を調べますか」

「親分、明日、出直さぬか。この刻限、どこにも親がいよう。子供にとって親の前ではなかなか喋りにくいものだ」

「そうですね。それに奉行所で調べものもある。戻りますか」

「親分には無駄足を踏ませたな」

「なんの、短刀袋が手に入ったのは大きな収穫ですぜ」

「そう思うてくれると、帰り道も気が楽になる」

小舟から安兵衛が河岸道に上がり、銀太郎が舫いを解いて、手で石垣を突いた。

「また明日」

「親方、世話をかける」

小籐次が心得て櫓に力を入れた。

四

翌日、小籐次の姿は蛤町裏河岸の船着場にあった。まだ野菜売りのうづの舟もない刻限だ。

小籐次はまずひょろ松の長屋に行き、残り三人の仲間の名と長屋を聞き出した。

達次を餓鬼大将にする一統の残り三人は馬之助、新助、磯次の三人だった。三人は黒江町から堀を何本か渡った東永代町付近に固まって住んでいるという。

「おれが案内しようか」

「教えてくれればそれでよい」

「なにも遠慮することはねえんだぜ。今日は小遣いはいらないからさ」

「そうではない」

小籐次は、達次や松五郎に比べ、三人が年下で幼いことを気にしていた。ひょろ松は十三歳か、残りの三人は十歳前後かと思えた。

ひょろ松が行けば頭ごなしに問い質《ただ》して萎縮《いしゆく》するのではないか、そのことを気にしてひょろ松の同行を断わった。

ともあれ、松五郎から三人の長屋を聞き出した小籐次は、まず東永代町の裏長屋に馬之助を訪ねた。すると、当人が木戸口から姿を見せた。

「どこに参る」

「達ちゃんの長屋に行くところだ」

「そこまで一緒に参ろう」

馬之助は小籐次に警戒の様子を見せ、怯《おび》えた様子も顔に漂わせた。

「そなた、短刀の国光がなくなった事情《わけ》を知らぬか。達次の親父どのを助けるためだ。なんでもよい、教えてくれぬか」

「知るわけないさ」

にべもなく答えると、顔を激しく横に振った。それがどこか奇怪な感じを小籐次に与えた。

「分った」

小籐次は次に新助の長屋を訪ねようとした。すると、馬之助が小籐次を見え隠れに尾行してきた。小籐次は知らぬ振りをしてそのままにしておいた。

二人目の新助も知らぬ存ぜぬの一点張りだった。最後に磯次の長屋を探す小籐次には小さな二人の尾行者がついていた。磯次が、

「おれがなにを知っているというんだよ」

と口を尖らして否定したとき、小籐次はあっさりと踵《きびす》を返して長屋を出た。黒江町の方向に戻る振りをして、小さな運河に架かる橋を渡った。だが、隣り町の通りに入ったとき、再び先ほどの町へと戻った。すると、三人の悪どもがどぶの臭いが漂う水辺で額を集めて何事か真剣に話し合っていた。

「どうじゃ、相談は纏《まと》まったか」

はっとした三人が顔を上げて、恐怖を滲《にじ》ませた。

「国光が無くなった一件にそなたらが関わっておること、この赤目小籐次、見抜いておる。昨夜の内に長屋を訪ねようと思うたが、親に聞かれれば、そなたらが叱られよう。こうして一晩待って会いに来たそれがしの気持ちが分らぬか」

三人の顔がしゅんとして、一番小さな新助など泣き崩れそうになった。磯次も青い顔をして、落ち着かなかった。

「ちょっと達ちゃんを困らせようとしただけなんだ」

新助が言うと、馬之助と磯次が一斉《いっせい》に喋り出した。

日頃から体も小さく年齢も下の三人は、達次とひょろ松に押さえ付けられることに不満を抱いていたらしい。

達次が国光を持っていることも、小籐次に研ぎに出して三人は初めて知った。そのうえ、研ぎ屋の小籐次から驚くほどの短刀だと知らされ、なんとなく達次を尾行した。

達次が万徳院の老木の洞に短刀を隠したのを三人は確かめた。

そのとき、三人に期せずして悪戯心が浮かんだという。

達次を困らせようと、洞からおしめに包まれた国光を取り出して東永代町へと持ち帰ったというのだ。ところが、一夜にして騒ぎは急展開した。

十手持ちにして陰で女郎屋と賭場を営む黒船の寅太郎が乗り出し、達次の親父を捕縛してしまった。もはや幼い三人はどうしていいか、分らなかったという。

「事情は分った。あとはこの赤目小籐次に任せよ。達次の親父どのを寅太郎のところから連れ返る」

「達ちゃんには内緒にしてくれよな、研ぎ屋の爺さん」

馬之助が念を押し、小籐次は頷くと、

「国光はどこにあるな」

と聞いた。

馬之助と新助の目が磯次に集まった。

「そ、それがさ、なくなっちまったんだ。御免よ、馬ちゃん、新ちゃん」

磯次は泣き顔になった。

「磯次、なくなったって、どういうことだ」

と馬之助がいきり立った。

「まあ、待て。磯次に事情を話させよ」

泣き崩れそうな表情をなんとか持ち堪《こた》えた磯次が舌で唇を嘗《な》め、

「お侍、おれがよ、あの短刀を持ち帰ってよ、お父《とう》の道具箱の中に隠したんだ。あの夜、雨が降りそうな天気だったろう。だからさ、次の日はお父の仕事は休みと思ったんだ。ところが、朝になってみるとすかっと晴れてよ、お父は仕事に行きやがった」

「親父どのは職人か」

「大工だ」

「道具箱に見慣れぬものが入っておることを見つけたのだな。仕事から帰ってきた親父どのはなにか申されたか」

「そ、それが……」

「どうした磯次」

「あれ以来、戻ってこねえんだよ」

馬之助と新助が悲鳴を上げ、馬之助が磯次を詰問した。

「おめえの親父、博奕《ばくち》癖を出したな。質屋に走り、銭にして賭場に走ったな」

磯次は顔を伏せて、こっくりと頷いた。

馬之助が吐き捨てた。

「こいつの親父は博奕に目がないんだ。これまで何度も道具箱を質に入れて、親方にもうこれ以上道具箱を質入れするようだと出入りを禁じる、と言われているんだよ」

「そなたの親父が参る賭場はどこだ」

それが、と磯次が言いよどんだ。

「知らぬのか」

「いや、おっ母さんに言われてこれまで何度も迎えに行かされたから、およその見当はついていらあ。永代寺門前裏の賭場だよ」

馬之助が悲鳴を上げ、

「黒船の親分の賭場だぞ！」

と叫んだ。

「父親の名はなんという」

「浜三だ」

「浜三は国光を質屋に入れて賭博代を捻出したか」

「いや、寅太郎の賭場となるとちょいと違うぞ、研ぎ屋の爺さん」

「どういうことだ、馬之助」

「寅太郎親分はよ、物でも駒札を貸すそうだぜ。磯の親父は利息を取られる質屋なんかを嫌ってよ、短刀抱えていきなり寅太郎の賭場に走り込んでいるぜ」

「厄介なことをしてくれたな」

しばし考えた小籐次は、

「そなたら、しばらく長屋でじっとしておれ。磯次、親父どのが戻ってきたら、黒江町の経師屋の安兵衛親方まで知らせるのだ」

「お父が二晩もい続けて博奕をするなんて初めてなんだよ」

頷いた磯次が不安げな顔をした。


小籐次が経師屋の安兵衛親方の店に戻ると、石垣に御用船が止まろうとしていた。小籐次の小舟の傍らにだ。

御用船の舳先には高竿に町奉行所の提灯《ちょうちん》が掲げられ、紋付羽織姿の与力と巻羽織《まきばおり》の同心が小者を従えて乗船していた。そんな中に小籐次は見知った顔を見た。

難波橋の秀次親分が艫に控えていた。

「親分、ご苦労でしたな」

小籐次は石垣に設けられた階段から自分の小舟に飛び降りた。

「ちょうどよかった」

秀次がほっとした顔で小籐次を見た。

「お歴々のご出馬じゃな」

「国光の出所が分ったんですよ」

と秀次が言い、

「赤目様、こちらは南町奉行岩瀬伊予守氏記《うじのり》様内与力、多野村長常《おさつね》様にございます」

と紋付羽織の人物を紹介した。

「おおっ、そなたが赤目小籐次どのか。多野村にござる」

と会釈した。小籐次も会釈を返すと、

「赤目氏、しばしの間、それがしをそなたの舟に乗せてくれぬか。深川の堀めぐりがしたい」

「それは構いませぬが」

多野村と秀次が小籐次の仕事舟に乗り込んできた。

多野村が御用船から小籐次の舟に乗り換えたということは内密の相談だ。

内与力とは奉行岩瀬家の家臣から抜擢された人物であり、岩瀬が奉行職を解かれたとき、再び、旗本岩瀬家の家臣の身分に戻るのだ。

内与力は町奉行の秘書的な役目を果たし、奉行の意を酌み、事件を内々に始末するときなどに乗り出してきた。

小舟には、その内与力の多野村と秀次と小籐次の三人だけだ。

「赤目様、古代裂れの袋にございますが、杏葉牡丹は陸奥《むつ》弘前《ひろさき》藩十万石津軽家の紋所と同じものにございますし、お屋敷も本所の南割下水にございますれば、盗難に遭ったおそれもあろうかと、旦那を通して多野村様にご相談申し上げました。ところが、すでに津軽家から国光盗難の知らせがあって、なんとかしてくれぬかとの相談を内々に受けていることが判明しました。津軽家では蔵に何者かが押し入り、国光ほか何点かの刀剣類、掛け軸などが紛失していることが判明致したそうな。その責めを負って御蔵奉行ほか数名が切腹して果てる騒ぎだったそうです。当代の津軽寧親《やすちか》様はなんとしても国光だけは取り戻せと、家中に厳命されているそうにございます」

「親分、蔵から持ち出したのは弘前藩家中の者にござろうか」

「蔵の中に忍び込んだ手口といい、直ぐには紛失に気づかれなかった様子といい、まず家中の者が関わっておりましょうな。ゆえに、御蔵奉行が切腹されておられる」

小籐次は頷いた。

「赤目氏、新藤五国光は、三代前の信著《のぶあき》様が将軍家より拝領の品とか、幕府に知れるとお咎《とが》めがあるやも知れぬと戦々恐々《せんせんきようきよう》としておられる。それがしも内々に国光の行方を追わせていたが、難波橋の報告が入るまで、なんの手がかりもなく困っておったところだ」

と多野村が秀次の言葉を補足し、

「国光の行方、摑めぬか」

と小籐次に訊いた。

「およそ摑めましてございます」

「なにっ、摑んだとな」

多野村の顔に思わず笑みが浮かんだ。

小籐次は朝からの探索の動きを掻い摘《つま》んで告げた。

「なんと、悪たれの父親が博奕場に持ち込んでおるか」

「それも悪所や賭場を密かに開く十手持ち、黒船の寅太郎のところにござる」

「秀次、寅太郎は南か北か」

にたり
と秀次が笑った。

「南にございまして、同心は山吹七郎太様にございます」

「ほう、山吹が鑑札を出しておる御用聞きか。お上の御用を勤めながら女郎屋を営み、賭場を開く。評判は悪かろうな」

「多野村様、仲間内にでございますか、土地の者にでございますか」

「秀次、分っておることを聞くな」

「蛇蝎《だかつ》の如く嫌われております」

多野村が小籐次を見た。

「赤目氏、津軽家のこともござる。町奉行所が出るよりも、そなたの腕に頼ったほうがよさそうだな。拝領の国光をいかなる方策にてもよい、取り戻してくれぬか」

「寅太郎はどうなさいますな」

「そのように阿漕な生き方をしている者には思わぬ敵がいたりしてな。辻斬りに遭わぬともかぎらぬものよ」

多野村は寅太郎も始末してよいと言外に言っていた。

「深川の悪たれの親父二人が囚われの身にございます。二人を解き放つのに、ちと乱暴な手をとるやもしれませぬ」

「後始末は南町に任されよ」

小籐次は頷いた。

「一つ、お願いの儀がございます」

「なんだな」

「津軽様の家老なり御用人の名で、書状を一通、寅太郎に差し出しては頂けませぬか」

「して、内容はどのようなものか」

小籐次がおよその内容を告げると、しばし沈思していた多野村が頷いた。

「金に目がない寅太郎だが、用心もしていよう。国光を買い戻そうという文に引っかかるかのう」

「寅太郎の許に国光があれば、必ずや乗りましょうな。相手は大名家、足元を見ておりましょう」

よかろう、と多野村が承知した。

その夜、秀次の手先たちが達次の父親の陽吉が囚われている家を探り出してきた。永代寺裏の平野町の添地にある大店伊勢半の元寮で、黒船の寅太郎が伊勢半の若旦那の博奕の借金のかたに、ただ同然で強請りとったものだと分った。

寅太郎は夜な夜なこの元寮で賭場を開いていた。

どうやら陽吉は元寮の漬物蔵に閉じ込められているようだと、手先たちが調べ上げてきた。

夜半、小籐次と秀次は手拭で頬被りをしたうえに菅笠を目深《まぶか》に被って、伊勢半の元寮の塀を乗り越えた。

母屋からは賭場の熱気が伝わってきた。

二人はそちらに目もくれず漬物蔵を目指した。目指す漬物蔵を見つけたが、予想に反して見張りもいなかった。

「親分、ちとおかしいな」

「まさか早々に始末されたということもございますすまい」

二人は真っ暗な蔵に忍び込んだ。細い灯心がじりじりと燃えて、漬物樽が並んだ蔵の中を照らしていた。

「いそうにございませんな」

と秀次が洩らしたとき、奥から呻《うめ》き声が聞こえてきた。

「うーむ」

二人が奥に進むと、漬物蔵の柱に手足を縛られた二人の男が結《ゆ》わえつけられていた。一人の猿轡《さるぐつわ》が外れかけ、その口から呻き声が洩れていた。

「陽吉に浜三か」

猿轡が外れかけた男が目を剝《む》いて必死の形相で頷いた。

「今助けて遣わす」

小籐次が脇差で二人の猿轡を切り解いた。

「どちらが浜三か」

猿轡をしっかりとかませられていた男が頷いた。

「そなた、磯次が隠した短刀を黒船の寅太郎の賭場に持ち込んだな」

その言葉に陽吉がびっくりした。

倅の達次が持っていたという短刀を、仲間の親父が持って寅太郎の賭場に持ち込んでいたのだ。

「寅太郎はいくら貸してくれたな」

「それがさ、短刀をひねくり回していた寅太郎の代貸がさ、白木の柄を外して銘を確かめてよ、どうしてこいつを手に入れたと言うからさ、道具箱に入っていたと言ったら、そんな馬鹿な話があるかとしつっこく訊かれたうえに殴る蹴るの乱暴狼藉《ろうぜき》だ。おれは必死で説明を繰り返したよ。そしたら、うちの倅が達次の仲間だと知るとようやく得心したのさ。それでよ、短刀を駒札に替えてくれるかと思ったら、いきなり寅太郎の手下《てか》に手足を取られて、この漬物蔵に縛りつけられたんだ。一体全体なにが起こったか分らないぜ。磯の野郎、厄介な短刀なんぞ道具箱に入れやがってよ」

「馬鹿者が。他人の持ち物で博奕をしようなんて了見が間違っておるのだ。短刀はどうなった」

「どうなったもこうなったも、寅太郎が取り上げたまんまよ」

「二人とも命があっただけでも有難く思え」

と小籐次が言ったとき、漬物蔵に人の気配がした。

「何奴か」

寅太郎の用心棒か。二人の浪人者が貧乏徳利をぶら下げて立っていた。

「この者たちに用があってな」

浪人の下げた貧乏徳利が土間に落ちた。

「ぬかせ」

二人が剣を抜いた。

「隅に下がっておれ」

小籐次は陽吉と浜三に言うと、次直の柄に手をかけた。騒がれては元も子もない。一気に片をつける覚悟をした。次直を抜くと峰に返した。

「爺、やる気だぜ」

「雉《きじ》も鳴かずば撃たれまいに」

それまで黙っていた秀次が、

「おまえさん方、この方が酔いどれ小籐次と知っても大言を吐かれますかえ」

と言いかけた。

「なにっ、小金井橋十三人斬りの赤目小籐次か」

「仰るとおりで」

秀次の言葉が消えるか消えぬか、小籐次がすいっと動き、峰に返した次直が立ち竦んだ浪人の脇腹と首筋に翻って痛打し、ずでんどうとその場に転がした。

「さて参ろうか」

小籐次が呼吸も乱さずに言い、陽吉と浜三が仰天の面持ちで矮軀の年寄り侍を見た。

一刻後、赤目小籐次は富岡八幡宮の脇門を潜って社地に入った。

この宮は相撲との関わりが深く、貞享《じょうきょう》元年（一六八四）に初めて勧進相撲を催し、明和五年（一七六八）に回向院《えこういん》に変わるまで、毎年本場所が開催されてきた。

その縁で今も相撲場があり、そのかたわらに力石が何個も置かれてあった。

月光が相撲場を淡く照らし出していた。

土俵の上に二つの影があった。

その影へ闇から声がかかった。

「黒船の寅太郎じゃな」

「津軽様の御用人様ですね」

「いかにも」

と答えた声が、

「大工の浜三が持ち込んだ国光、しかと持参したであろうな」

土俵の上の影が手にした短刀を翳《かざ》して訊いた。

「金子三百はお持ちですかえ」

闇が揺れて小さな影が忍び出た。

寅太郎は月明かりに透かし見て、

「おめえはだれでえ」

と訊いた。

「欲をかいたな、寅太郎」

先生、と寅太郎が付き添いの用心棒に声をかけた。

「そなたらが生きておっては深川界隈が迷惑致す」

「なにっ！　爺、名乗りやがれ」

「赤目小籐次」

「なんだって！」

土俵に向って小さな影が跳び、次直が抜かれると、左から右に振るわれた。

寅太郎は喉元を刎《は》ね斬られて絶命した。

先生と呼ばれた用心棒剣客は柄に手をかけ、六、七寸抜きかけたところで小籐次の虚空からの斬り下ろしを肩口に受け、土俵の上に横倒しに倒れた。

血の臭いが、

ふわり

と漂った。

小籐次が白木の短刀を摑み、月光で刃を確かめると、頷いた。

第三章　麴町の小太刀娘

一

額がまた一段と禿《は》げ上がり、広くなったようだ。

小籐次は湯に浸かりながら大きな耳たぶに生えた毛を指先で摘み、抜いた。さらに団子鼻の穴に指を突っ込み、鼻毛を抜くと、大きなくしゃみが立て続けに出た。そのせいで湯が揺れ動いた。

ふーうっ
朝風呂には遅く、昼風呂には早い刻限で、町内の加賀湯の湯船を小籐次が独占していた。

「極楽極楽」

このところ、金竜山浅草寺御用達《きんりゅうざんせんそうじごようたし》畳職備前屋を始め、浅草界隈の得意先を回りよく働いた。

そこで今朝は骨休めを兼ねて今里村の竹林に竹を切り出しに行った。

青竹は研ぎ屋の小籐次が引き物に使う風車、竹とんぼ、竹笛などの材料だ。今里村を往復して一汗掻き、湯屋に来たところだ。

昼からは久慈屋に顔を出して店の刃物を研ぐか。そんなことを考えながら、湯に首まで浸かって両眼を閉じた。

番台のほうで小さな悲鳴が上がった。

女の声だ。

小籐次の全身に緊張が走った。

このところ平穏で、敵《かたき》持ちの身ということを忘れていた。だが、赤目小籐次は小城《おぎ》藩鍋島家、丸亀藩京極家、赤穂《あこう》藩森家、臼杵《うすき》藩稲葉家の大名四家を向こうに回して旧主森藩久留島通嘉の恥辱を雪《すす》ぐ孤戦をなした。それをきっかけに次々に刺客を送り込まれる身となった。

とくに四家の中でも武門の誉《ほま》れ高い鍋島家内には、主君が幕府を慮《おもんぱか》って赤目小籐次との戦いを禁じたことを無視して、追腹組《おいばらぐみ》という暗殺集団を組織し、刺客を放ってきた。

小籐次は追腹組とこれまでも幾度となく死闘を繰り返していたのだ。だが、平穏な暮らしについ緊張を欠いていた。

そんなことが一瞬、脳裏に浮かんで消えた。

小籐次は状況をまず把握した。

湯船に浸かり、手には手拭を持っているだけだ。即座に濡れ手拭を丸めた。

その直後、抜刀した侍が石榴口《ざくろぐち》を潜り、走り込んできた。だが、明るい表から中に入り一瞬、侵入者は視力を失った。石榴口を潜ると極端に暗く、さらに湯煙が立ち昇り、視界を塞《ふさ》いだのだ。

それが刺客の計算違いだった。

立ち竦んだ刺客の面上に、
ばしゃり
と濡れ手拭が飛び、立ち竦んでいた刺客がさらに棒立ちになった。

湯船から小籐次の矮軀が飛び出した。

気配を察した刺客は手に提げていた抜き身を強引に横車に回した。

小籐次は刃の下を搔い潜り、石榴口から飛び出ると、洗い場にあった木桶を摑んだ。

洗い場には数人の客がいて、不意に起こった騒ぎに呆然としていた。

(客に怪我をさせてはならぬ)

それが小籐次の考えたことだ。

刺客が石榴口から腰を屈《かが》めて出てきた。刀は手に提げるしかない。洗い場に抜き身が光り、どこかの隠居が悲鳴を上げた。

六尺豊かな若い剣客だ。

四家の家臣ではない。もし四家と関わりがあるとすれば、金子で雇われた刺客であろう。

そう考えながら、小籐次は木桶を相手の額に叩き付けた。

くたくたとした相手はそれでも剣を振り回し、素手の小籐次を追い詰めようとした。その額から血が流れ出てきた。

小籐次は裸の上に素手になっていた。

「赤目小籐次への奇襲はすでに破れたわ。そなた、酔いどれ小籐次をちと甘く見たな!」

矮軀から大音声《だいおんじょう》が発せられ、爛々《らんらん》と気迫に満ちた小籐次の両眼が刺客を睨み付けた。
そのとき、小籐次は体の中に起きた変化に気付いていた。
一物《いちもつ》がむくむくと鎌首をもたげて怒張したのだ。
若い刺客の目にもそれは映じていた。
両眼がまん丸に見開かれた。
「刺客の使命は狙った敵の命を一瞬にして絶つことぞ。迷わず撃ちかかって参れ!」
再び小籐次の怒声が響き、刺客は剣を引きつけようとして不意に恐怖に見舞われた。
わああっ
と叫んだ相手は、
くるり
と向きを変えて脱衣場から表へと飛び出していった。
加賀湯に一陣の旋風が吹き込み、静かな空気を掻き乱していったようだ。
小籐次の下半身が、
びくりびくり

と動いて、茫然自失していた客たちが、

「なんだ、あの侍はよ！」

「そんなことはどうでもいいや。酔いどれ小籐次の一物を見てみな。小さな体に比べてよ、なんとも立派なことよ」

「ほんに、追い詰められて金玉が縮むとは聞いたことがあるがよ、一物がおっ立つなんて聞いたこともねえや」

「呆れた、酔いどれ小籐次様だぜ」

男湯の騒ぐ気配が女湯に伝わったか、

「どれ、備後屋の隠居さん、酔いどれ小籐次の一物を拝ませておくれな！」

と声がした。

小籐次は刺客に二の手がないと知ると、上がり湯の隣りにもうけられた水桶の水を何杯も被って怒張した一物を鎮《しず》めた。

加賀湯の亭主が顔を出し、

「赤目様、怪我はござんせんか」

と聞いた。

「亭主、騒がせたな」

水を被った小籐次の一物も気持ちも鎮まっていた。

「いやはや驚きましたぜ。未だ御鑓拝借の騒ぎは続いておるのですかえ」

「あの者、名乗らなかったゆえ仔細は分らぬ。赤目小籐次、ちと油断をしておった」

「油断もなにもねえぜ。この爺様、素手すっ裸でよ、仁王様のように大きな侍を撃退しちまったよ」

洗い場の職人風の客が唖然《あぜん》として言った。

小籐次は脱衣場に上がると手早く衣服を身につけ、二階の刀架けから大小を腰に戻してようやく平静に戻った。

再び階下に下りると、亭主が、

「赤目様、難波橋の親分に騒ぎを届けておきましょうかい」

「届けたところでなんの変わりもあるまい。まして此度の刺客はどこのどなたが放ったものか、見当もつかぬわ」

と答えた小籐次は、騒がせた詫《し》びをもう一度言い、表に出た。すると、晴れ渡った空と白い光が小籐次の目に沁みた。

ふーうっ

と息を一つ吐いた。

呼吸が平静であることを確かめた小籐次は新兵衛長屋に戻った。

長屋の木戸口では新兵衛とお夕が今日も遊んでいた。もはや残花の季節も過ぎて、青葉が光る候を迎えていた。

二人の間には石ころが積まれ、若葉のお金で買い物ごっこをしているようだ。

「お夕ちゃん、新兵衛どのの相手がよう務まるな」

「研ぎ屋の爺様、うちの爺ちゃんは名前まで忘れたんだって」

「そうか、新兵衛どのは名も忘れられたか」

「そう、年も知らないのよ」

新兵衛が突然、歌い出した。

小籐次は木戸口から長屋の様子を窺い、異変がないことを覚《さと》ると、

「お夕ちゃん、引き物の風車をあげよう。取りに参れ」

「あら、ほんと」

お夕が立ち上がった。すると、新兵衛が歌いながらお夕の手を摑んだ。

「直ぐに戻るから、爺ちゃん」

お夕は新兵衛を宥《なだ》めるように言い聞かせると、手をそっと離し、小籐次に従っ

てきた。

部屋の腰高障子をゆっくりと開け、中を見回したが、異常はなさそうだ。

小籐次は狭い板の間に積まれた引き物から風車と竹笛を取って、お夕に渡した。

「有難う。うちの爺ちゃんが喜ぶわ」

笑みを浮かべた顔で礼を言った。

「お夕ちゃんは感心な娘じゃ」

どぶ板を踏んでお夕が新兵衛のところに戻り、しばらくすると竹笛の音が響いてきた。

小籐次は研ぎ道具を抱えると、長屋の裏手に向った。

堀留の石垣に小舟が舫ってあった。道具を積み、舫い綱を解いた小籐次は竿《さお》を手にした。

淀《よど》んだ水面がきらきらと光るほどの日差しだ。

久慈屋の船着場にはどこから届いたか、菰包みの荷がうずたかく積まれ、人足たちが船着場のあちこちで弁当を遣っていた。

昼餉の刻限か。

と小籐次が思ったとき、

「今日辺りは、うちに顔を出して頂けると思っておりましたよ」

と河岸道から久慈屋の大番頭観右衛門の声が降ってきた。

「ちと刻限が悪かったと思うておったところでござる」

「なに悪かろうことがございます。あとでな、私と一緒におまつの打った饂飩《うどん》を食しましょうぞ」

「久慈屋さんの昼餉は饂飩ですか」

「饂飩とな、筍を炊き込んだ握り飯ができておりました」

「それは美味そうな」

「ささっ、お上がりなさいな」

「昼餉時を狙ってきたようじゃ」

小籐次は道具を抱えて観右衛門の立つ河岸に上がった。

芝口橋際にある久慈屋の前は東海道だ。日本橋から延びてきた道には、今日も大勢の人馬や大八車や駕籠が往来していた。

(先ほどの騒ぎが嘘のような)

そんなことを考えながら店の土間の隅に道具を置いた。

「赤目様、お久しぶりにございます」

「お元気ですか」

久慈屋の土間や店から奉公人たちが挨拶を送ってきた。いつもに比べ奉公人の数が少ないのは交代で昼餉をとるからだ。

昼の刻限で客も少ない。

「皆さんもお変わりなさそうでなによりでござる」

小籐次がいつでも仕事にかかれるように砥石や桶を配置して振り返ると、観右衛門は帳場格子に戻っていた。

「赤目様、ちとお話がございます」

観右衛門が手招きして呼んだ。

小籐次は次直を腰から抜くと、観右衛門の傍《そば》に寄った。

「昨日、難波橋の親分に案内されて南町奉行所内与力多野村様がお見えになり、旦那様とお話しして行かれました。その席に私も同席を許されましてな」

「多野村様とこちらは昵懇《じっこん》か」

「いえ、初めてのことにございます」

「なにっ、初めてとな」

「赤目様が川向こうで津軽様のためにお働きになったことを報告に参られたので

すよ」

「ほう、こちらにな」

「津軽様では、拝領の新藤五国光の短刀が無事に戻ったことを甚《いた》く喜んでおられるそうにございます」

「それは重畳《ちようじよう》」

「それは重畳などと、他人事《ひとごと》のように仰いますな」

「それがし、二人ばかり漬物蔵から助け出しただけじゃ」

「南町では、あの夜のうちに寅太郎の賭場を襲い、手先と客を捕縛したそうにございます。客は大店の主や寺の住職やら神官やら屋敷の用人など、なかなかの筋であったとか。その方々には寺社奉行、御目付、町奉行から呼び出しのうえにきついお叱りがあるそうです」

「自業自得じゃ。致し方あるまい」

「それもこれも赤目様のお働きがあったせいです」

小籐次はもはやなにも答えない。

「あっ、そうそう、黒船の寅太郎と申す三足の草鞋の親分が富岡八幡の相撲場で死体になって見つかったそうです。かたわらに辻斬りも斃《たお》れていたそうで、辻斬りに遭った寅太郎が応戦し、共倒れになったのではないかと多野村様は仰《おお》せになりました。ともかく、深川界隈に悪名を轟《とどろ》かせた寅太郎が亡くなったのを喜ぶ者はいても、哀しむ者はいないとか。抱え女郎も解き放ちになって喜んでいるそうですよ」

小籐次は頷いた。

南町奉行所では、小籐次に始末された十手持ちの黒船の寅太郎の死を、このような形で決着を付けたのであろう。

「多野村様のご訪問の理由でございますがな、津軽様が赤目様になんぞ礼をしたいと仰せられておるとか。そこで、多野村様がうちにお聞きに来られたのでございます」

「観右衛門どの、それがし、ちと曰くがあって二人ばかり漬物蔵から助け出しただけのこと、津軽様とは一切関わりがござらぬ。ゆえに礼をされる覚えはなし」

「そう仰るのではないかと、多野村様がお帰りになったあと、秀次親分が推量なされておりました」

と観右衛門が笑った。

「まあ、一件落着、祝着至極にございます」

「いかにも」

と小籐次が答えたとき、昼餉を済ませた第一陣の奉公人たちが姿を見せて、残りの者と交代した。

小籐次はまた挨拶を交わし、観右衛門が、

「そろそろ私どもも参りますかな」

と帳場格子の中で立ち上がった。

広い台所の板の間に並べられた箱膳を前に、大勢の奉公人たちがおまつが打った饂飩を啜り、筍の炊き込みご飯の握りを頬張る様はなかなか壮観だった。

「おや、赤目様、珍しいな」

とおまつが言い、小籐次が、

「おまつさん、台所の包丁を集めておいてくれまいか。昼から店先でこちらも商売を始めるでな」

「あいよ」

おまつが打った饂飩は煮込みにしてあり、蒲鉾《かまぼこ》、油揚げ、椎茸《しいたけ》、人参など盛り沢山《だくさん》の具が載っていた。

「美味しそうな出汁《だし》の匂いかな」

小籐次は一口啜り、

「おまつさん、味は免許皆伝にござる」

「おやまあ、酔いどれ小籐次様に誉《ほ》められたよ」

とおまつが嬉しそうに笑った。

「赤目様、川向こうの騒ぎが終わったばかりのところに恐縮でございますがな、水戸様からお使者が見えて、明後日、下屋敷にてほの明かり久慈行灯づくりを披露してくれぬかという言付けにございました」

「承知仕った」

「うちからも私とたれぞが同行しますでな」

「それは恐縮にござる。なれど、水戸家の下屋敷なれば存じておるが」

「いえ、うちにとっても西ノ内和紙の新しい販路が広がるかどうかの商いにございますよ。水戸家でも藩の財政多難の折にございます、物産方の竹木奉行様など大勢の方が顔を揃えられるそうにございます」

「えらく大掛かりになったものだな」

「斉脩様直々《じきじき》のお声がかりにございますからな」

「あと二日ばかりあるか。それがしも新たな工夫を致そうか」

小籐次は返答した。

「お願い申します」

饂飩を啜り、筍の握りを頬張り、沢庵《たくあん》の古漬けで満腹になった。

「観右衛門どの、今朝方な……」

加賀湯で襲われた一件を告げた。

握りを口に頬張ろうとした観右衛門が、しばし言葉を失い、

「なんとまあ、赤目様の周りは賑やかなことでございますな」

「それがしが望んだわけではない。いや、むろん発端はそれがしにある」

「ということは、鍋島家の追腹組が送り込んだ、新たな刺客にございますか」

観右衛門は小籐次の置かれた立場をすべて承知していた。

「なにも言葉を発せぬでな、どこの刺客かは分らぬ。まあ、こちらの気が緩んでいたことも確かじゃ。精々気をつけよう」

「その者、また赤目様の前に現れるような気がします」

観右衛門がご託宣し、

「迷惑至極にござる」

と呟いた小籐次は、

「おまつさん、馳走であった。包丁を頂いて参ろう」

とおまつに声をかけた。

二

昼下がり、久慈屋の店先で研ぎ仕事を続けていると、足袋問屋京屋喜平の番頭の菊蔵が顔を出し、

「赤目様、うちの刃物をなんとかして下さいな。職人が赤目様の研いだ道具を使うと仕上がりが一段と映えるというのですよ」

と言い出した。

「嬉しいお言葉かな。持ってこられよ。夕刻までに仕上がらなければ、長屋に持ち帰り、明朝までには仕上げよう」

「有難い」

久慈屋と京屋喜平、大店二軒の道具類は研いでも研いでもきりがなかった。小籐次はこの夜、夜鍋《よなべ》仕事をする気だったから、慌てることもなく悠然と研ぎ続けた。

八つ半（午後三時）の頃合、おまつが研ぎ上がった包丁を受け取りに来た。両手の盆に淹《い》れ立ての茶と蒸《ふ》かし芋があった。

「赤目様は芋なんぞ食うかねえ」

「薩摩か、懐かしいな」

「国許《もと》ではよく食べなさるか」

「それがし、国許も知らぬ奉公人でな、旧藩の国許で食するかどうかは知らぬ。だが、今里村の下屋敷で内職の折に、女中衆が薩摩を蒸かして昼餉代わりに出されたのだ」

「なにっ、大名屋敷では芋が昼餉の代わりか」

「大名とは申せ、一万石そこそこの貧乏大名じゃぞ。内情は苦しいで、内職に追われる毎日であった」

「わたしゃ、大名家の暮らしは三度三度尾頭《おかしら》付きかと思ったよ」

「殿様でさえ、年に何度あるか。もっとも国許は海が近いで、魚くらいふんだんに食べられよう」

おまつが研ぎ上がった包丁を持って台所に戻った後、手を休めて薩摩芋を食した。

「酔いどれ小籐次様に芋は似合いませんな」

声がして顔を上げると、難波橋の秀次が銀太郎を連れて立っていた。見回りの途中であろうか。

「親分、東海道の賑わいをちらちらと見ながら、大店の店先で食する芋はまた格別な味じゃぞ。親分もどうか」

「わっしも銀の字も芋と豆は嫌いでしてね。ご遠慮申し上げましょう」

秀次が即座に答えた。

「江戸育ちの親分には薩摩は似合いませんな」

観右衛門が秀次の姿を認めて帳場格子から出てきた。

「いやさ、食わず嫌いというやつでさ。自分から楽しみを断っているのかもしれませんや」

と苦笑いした秀次に観右衛門が、

「加賀湯の一件で見えられたか」

と聞いた。

「大番頭さんもご存じでしたかえ。加賀湯から一応耳に入れておきますと使いをもらい、事情を聞きに加賀湯を訪ねたところでさあ」

「なんぞ分りましたか」

観右衛門が聞くところ、芋を食し終わった小籐次は、話が他人事であるかのように茶を喫した。

「へえっ、若い侍は加賀湯から半町ばかり離れた稲荷社の境内で斬り込みの仕度をなしたらしゅうございましてね。その折、二人ばかり介添えがいたというのですよ」

「なにっ、介添えですとな」

観右衛門が身を乗り出した。

「大名家の奉公人の風体ですか」

観右衛門の脳裏には御鑓拝借騒ぎに絡んで、小城藩の名が浮かんでいた。

「それがねえ、どうも道場の門弟風の侍だったと、その場を見ていた八百屋は言うんですがねえ」

「すると、南大工町の惣吉親方に道具箱がどうのこうのと因縁をつけた道場主がおりましたが、そっちですかねえ」

「麴町で天流の道場を開く山野平頼母でしたな」

さすがは御用聞きの親分だ。縄張り内の騒ぎはちゃんと記憶していた。

「へえっ、どうもこっちの筋ではねえかと推量をつけましてねえ。これから麴町に回ってこようと思うんですよ」

小籐次が顔を上げた。

「親分、それがしのことで貴重な時を使わせてはならぬ。それでなくとも親分は多忙の身だ」

「赤目様、加賀湯に斬り込んだんですぜ、客に怪我がなかったのが不思議なくらいだ。こいつは一度調べておかなきゃあ、お上から十手を預かる身としては怠慢の誹《そし》りを免れませんや」

「相済まぬことだ」

「なあに、これがわっしの御用だ」

秀次親分は手先の銀太郎を従え、昼下がりの日差しの中に出ていった。

「さすがは親分だ。動きが早うございますよ」

観右衛門が感心して二人の背を見送り、店に戻っていった。

黙々と働いたが、久慈屋と京屋喜平の道具合わせて十本ばかりが残った。

夕暮れどき、小籐次は研ぎ上がった刃物を届けがてら、京屋喜平の店を訪ねた。

「おおっ、赤目様」

と番頭の菊蔵が奥から飛んで出てきた。

足袋問屋の京屋喜平だが、誂《あつら》え仕立てもするので店には女客も多い。それも大店の内儀や身分の高そうな武家の女中衆だったり、芸事の女師匠だったりと、なんとも華やかだった。

軒は連ねていても、紙問屋久慈屋の店先は小売店の番頭やら人足やら男ばかりで、どうしても華やかさには欠けた。

「番頭どの、やはり研ぎ残した。あとは明朝、店が開くまでに届けに上がる」

「助かりました。今な、お代を」

と言う菊蔵に、

「明日にて構わぬ」

と答えた小籐次が研ぎ上がった刃物を上がり框に置いた。店に入り込む西日に刃物が、
きらり
と光った。

すると菊蔵が奥に向って、

「親方、酔いどれ小籐次様がお出でですよ」

と呼んだ。奥から初老の職人頭の円太郎が腰を屈めて姿を見せた。

酔いどれ小籐次の名を聞いて客の何人かが振りむき、

(えっ、これが大名四家を慌てさせた侍なの)

という顔をした。その中には、

(なんだ、ただの年寄りじゃないの)

という面持ちの女がいたが、三味線か、踊りの師匠のようだった。

「赤目様、うちの道具をお研ぎ頂きまして真に有難うございます」

と丁寧に礼を述べる親方の円太郎に小籐次は手を振り、久慈屋に戻ろうとした。

「赤目様、ちょいとお待ちを」

と小籐次を呼び止めた菊蔵が円太郎に、

「赤目様の足型をお取りしてくれませんか。うちの刃物を研いで頂くお礼に革足袋を作って差し上げたいのです」

と言った。

「そいつはいい」

円太郎が叫んだ。

足袋は明暦《めいれき》(一六五五~五八)以前は革足袋であったとか。元禄(一六八八~

一七〇四）頃に、紐結びからこはぜで留めるように変わっていく。だが、菊蔵が言うのが明暦以前の足袋なのか、小籐次は見当もつかない。

「番頭さん、それはよいことに気付かれましたな。わっしらが赤目様に礼を返すとしたら、それしかない」

すでに円太郎は小籐次の足元に目を這わせていた。

「待たれよ。それがし、誂えた革足袋を履くほどの身分でもない」

小籐次は革足袋どころか木綿地の足袋さえ履いたこともない。

「いえ、そうではございませんぞ。酔いどれ小籐次の武名は日に日に高まるばかりです。この先、なにがあるか分りませぬ。どんな場合も足元が肝心、うちの職人が創意を重ねて作り上げた革足袋を履いて立ち合ってご覧なされ。鳥のように動きが軽うございましてな、どんな敵にも勇気百倍です。江戸で名立たる剣術家は皆、うちの革足袋を履いて稽古をなされておられます。ええ、まさかの場合に足元を慣らしておくためです」

と番頭が店の客に聞かせるような口上を述べ、親方が、

「作業場にて御足を計らせてもらいましょう」

と言った。

「困った」

「なにを困られましたな」

「それがし、足が汚れておる。女衆が上がる奥に通るのは憚られる」

「親方、ここで計って下さいな」

菊蔵はなにがなんでも革足袋を誂えるつもりで小籐次の手を引くと、店の上がり框に座らせた。

円太郎が腰を屈めて小籐次の足のかたちを見て、訊いた。

「赤目様は失礼ながら御身丈《おみたけ》はどれほどで」

「五尺を超えたあたりかのう」

「で、ございましょうな。ところが、番頭さん、小さな身丈に比して御足が大きゅうございます。どっかと地面を摑む、この足があればこそ、幾多の戦いに勝ち抜いてこられたのですよ。これが赤目小籐次様の強さの秘密にございますよ」

「おおっ、そうであろうな。非凡な方にはどこかに秘密があるものです」

小籐次は京屋喜平の店先で、小さな体をさらに小さくして足型をとってもらった。

「外でお履きになれるように足底をしっかりと作りますでな、半月、いや、一月《ひとつき》ほど時を貸して下され」

と親方が小籐次に言い、小籐次はなんとなく、

「よしなに」

と答えて京屋喜平の店を出ると、久慈屋に戻った。

ふーうっ
小籐次は思わず息を吐いた。

「どうなされましたな。お届けだけにしては時間がかかりましたな」

観右衛門が聞いてきた。

「いや、汗を搔いた」

と京屋の店先で足型を取られた経緯を告げた。

「おおっ、それはよいことでしたな。京屋喜平さんの職人衆は腕がいいことで江戸でも知られております。京屋さんの作る革足袋は雪深い地で鷹匠《たかじょう》が履くような形でな、足首までぴたりと納まり、革を何枚も重ねた底はどんな場所でも足を痛めることがないと聞いたことがございます。赤目様ほどの武芸者が足元を固められばれば、もはや鬼に金棒でございますよ」

「それがしにはちと贅沢じゃ。気が重いわ」

小籐次は研ぎ残した刃物を布に包み、桶の水を店の前に撒《ま》いた。

「赤目様、夕餉を食べていかれませんかって、おまつさんが言っていますよ」

「小僧さん、有難いが戻って研ぎ残した道具の始末をつけねばならぬ。本日はこれにて失礼すると伝えてくれぬか」

「へえっ」

小僧の国三が台所へと走り込んでいった。

小籐次は空になった桶に砥石や研ぎ残した刃物の布包みを入れて、船着場に運んでいった。すると、手代の浩介らが配達に行っていたか、荷船を杭に舫ったところだった。

「浩介さん、ご苦労じゃあ」

「赤目様も仕事が終わられましたか」

「研ぎ残したで長屋に戻り、続きをやろうと思う」

「それはご苦労にございますな」

おまつが船着場に下りてきて、重箱を差し出した。

「炊き立てのまんまと菜が入っておりますよ。夜明かしにはまず腹拵えだ」

「おまつさん、それは助かる」

小籐次は有難く頂戴することにした。

「大番頭さんがなんぞ用事のある顔をしておられたよ」

「これから挨拶に参るところであった」

小籐次は道具の脇に重箱を平たく置き、店に戻った。

「本日はこれにて失礼致す。おまつさんから夕餉の入った重箱を頂き、恐縮にござる」

と挨拶した小籐次は、

「なんぞ御用とか聞きましたが」

「いえ、先のことでしてな。赤目様にお付き合い願えぬかと旦那様が気にしておられます」

「それがしで役に立つことかな」

「うちでは夏の時期、真言宗関東三山の一つ、高尾山薬王院有喜《ゆうき》寺に品物を納め、帰りにはお代を頂いて参ります。その道中には旦那様か私が同道いたしますが、赤目様にご一緒して頂けるかどうか聞いてくれと旦那様が申されましてな」

「役に立つことなれば、ぜひともご一緒させて下され」

「ならば旦那様に申し上げておきます。おそらく、時期は梅雨《つゆ》前になろうかと思います」

「承知しました」

小籐次が再び船着場に戻ったとき、久慈屋の荷船も大半がすでに舫われて仕事を終えていた。

小籐次は舫い綱を外し、ゆっくりと船着場を離れた。

豊後森藩の奉公を自ら辞めたのはわずか一年前のことであった。代々が屋敷奉公の身、給金は三両一人扶持とはいえ、屋敷に暮らしていれば生きていけた。それが浪々の身になって生計《たつき》が立つかと案じないでもなかったが、なんとか食べていけるうえに、屋敷勤めでは遠慮しいしい飲んでいた酒も飲みたいときに飲めた。

これ以上の贅沢があろうか。

この暮らしも久慈屋を始め、町の人々があってのことであった。

(なんぞ返せることはないか)

小籐次はそのことに思いを馳せた。

芝口新町の新兵衛長屋の裏手の堀留に小舟を着け、石垣の上に商売道具を上げた。すると、井戸端で女たちが沢山の大根を積み上げて洗っていた。長屋全体にうっすらと汚穢《おわい》の臭いが残っていた。

「沢山の大根じゃな。どうなされた」

　小籐次が声をかけると、

「腹が立つったらありゃあしないよ」

　とおきみが立ち上がった。

「どうしたな」

「平井村からさ、いつも来る百姓が肥《こえ》を汲み取りに来たのさ」

「それでこの臭いか」

「新兵衛さんが元気な時代はさ、半年に一度、なにがしかの金子を支払って肥を買い取っていったものさ。ところがさ、新兵衛さんがあんなふうだと知り、若いお麻ちゃんが差配になったと聞いた次郎兵衛め、銭の代わりに大根を置いて、さっさと帰ったんだと。後でさ、そのことを知った私はお麻ちゃんに、次郎兵衛になめられたんだよと注意したところさ」

　江戸時代、糞尿は肥料にされて下肥《しもごえ》と呼ばれた。

　府内で出る糞尿は近郊の農家の肥料であり、大事な換金できる商品だった。

　百姓は決まった武家屋敷や大店、長屋と契約して汚穢を引き取り、その代金を銭や農作物で支払った。

この代金はおよそ百人あたり一年で金二両、一荷で銭三十二文といわれた。久慈屋の長屋四軒を差配してきた新兵衛は、糞尿からそれなりの上がりを得ていたことになる。新兵衛はこの金子で節季の時には長屋の店子《たなこ》に酒を振舞い、不意の支出を賄《まかな》った。

それが消えたと、おきみは怒っているのだ。

女たちの中からお麻が立ち上がり、

「私が知らないばかりに損をさせました」

と言うと、ぺこりと頭を下げた。

その顔には失態に気落ちした様子がありありとあった。

「おきみさん、物事はそうして覚えていくものだ。今しばらく気長にお麻さんを手助けするのが肝心だぞ」

「そりゃあ、分ってるよ。だけど、出入りの商人も百姓も油断も隙もあったもんじゃないよ」

「この大根をどうなさるな」

「天日干しにしてさ、沢庵でも漬けようと洗っているのさ」

「それはよき考えかな」

長屋に道具を運び込み、まず夜鍋仕事の仕度をした。空の桶を抱えて、再び井戸端に戻ったとき、井戸端にはお麻しか残っていなかった。

「赤目様、有難うございます」

「なんの、お節介《せっかい》を致したな」

「私が至らないばかりに長屋の人に迷惑をかけます」

「お麻さん、だれもが最初から一人前であったわけではないぞ。おまえ様のお父つぁんも年を重ねて立派な大家さんになったのだ。最初からうまくやろうなどと考えぬことだ。何事も失態、しくじりが薬でな、それを繰り返さねばよいことだ」

「久慈屋の大番頭様に暇なときに顔を見せよと言われております。お父つぁんがあのとおりです。差配を辞めさせられるんじゃないかな」

「お麻さん、考え過ぎもまた禁物じゃ。明日にもお店に顔を出すがよい」

「はい」

お麻がなんとなく肩を落として木戸口に向った。すると、新兵衛の歌う声が響いてきた。

三

茶碗酒を一杯飲み干した小籐次は、おまつが持たせてくれた重箱の焼き魚、豆腐とほうれん草の白和《しらあ》えなどで夕餉を食した。空になった重箱を井戸端で洗うついでに口と手足を濯いだ。

板の間に用意した研ぎ場に座る前に、白木の鞘と柄に移しかえた孫六兼元を抜いて、行灯の灯りに翳《かざ》して刃を眺めた。

小籐次のこのところの日課だ。

未だ手入れしていない刃をどう研ぐか、想いを巡らす瞬間がなんとも至福の時だった。

(明日には二つ三つ砥石を買い足して研ぎに入ろうか)

そう胸に言い聞かせた小籐次は、白木の鞘に孫六兼元を納めた。

「さて、仕事じゃぞ」

一人呟いた小籐次は久慈屋と京屋喜平から持ち帰った刃物を並べ、研ぎの順番を決めると黙々と仕事にかかった。

半刻（一時間）もしたか。壁を通して隣りの勝五郎が読売の版木を彫る音が響いてきた。勝五郎も急ぎ仕事を頼まれたようだ。

鑿《のみ》で版木を彫る音と砥石で刃物を研ぐ音が競い合い、夜半を過ぎても二人は仕事を続けた。だが、互いに声を掛け合うことはない。

小籐次は夜半を過ぎた刻限に喉の渇きを癒すために茶碗酒を、

くいっ

と一杯飲んだ。

先に仕事を終えたのは小籐次だった。八つ半（午前三時）過ぎに全ての道具の研ぎを終え、一本一本の仕上がり具合を指先で確かめ、引っ掛かりがあるところは研ぎ直した。

井戸端に研ぎ上がった刃物を持ち出すと、音がしないように水を汲み、砥石の研ぎ粉がついた刃先を洗うと、洗いざらした布で丁寧に水気を拭き取った。

桶の汚れた水を捨て、砥石を洗うと清水に砥石を浸した。

刃物だけを手に長屋に戻り、布でしっかりと包んだ。

それを終えた小籐次は厠に行き、長々と小便をした。

ふうっ

と息を吐いた小籐次は、夜明けが近いことを感じながら部屋に戻った。

板の間を片付け、貧乏徳利から最後の一杯を注ぐとゆっくりと飲んだ。

(美味かな)

仕事明けの一杯はなんとも美味かった。胃の腑に酒が沁みて、
じーん
と全身に広がっていく。

隣りの仕事の音はまだ続いていた。

行灯の灯りを吹き消した小籐次は、勝五郎が版木と格闘する物音を子守歌代わりに眠りに就いた。


翌朝、小籐次が目を覚ましたとき、腰高障子に強い光が当たっていた。もはや勝五郎も仕事を終えたらしく静かだった。

(四つ〔午前十時〕の刻限かのう)

小籐次は夜具から起き上がると、まず夜具を丸めて部屋の隅に片付けた。

格子窓を開き、風を入れた。

手拭を下げて戸を押し開くと、陽は三竿《さんかん》の高さに上がっていた。

井戸端には長屋の女衆がいて、昨日洗った大根を長屋の板壁に干す作業をしていた。

その中にはお麻の姿がなかった。

「赤目様も夜明かし仕事かねえ」

おきみが声をかけてきた。

「勝五郎どのと一緒に夜明かしを致した。亭主は仕事を終えられたか」

「明け六つ（午前六時）の頃合、終わったよ。今、ぐっすりと寝込んでるよ」

「ご苦労であったな」

小籐次は厠に行き、井戸端で顔を洗った。

新兵衛長屋の裏庭に大根が干されたので白い壁ができて、裏庭が明るくなったようだ。

小籐次は長屋に戻り、外出の仕度を終えた。

木綿縞の上に膝の抜けた袴を着けて、台所の消し炭の壺《つぼ》に隠してあった布袋を取り出した。そこには稼ぎ貯めた小粒や一朱金が入れてあった。袋からざらざらと床に広げて数えてみると、二両二分と三朱あった。

（これだけあれば、なんとかなろう）

小籐次は己に言い聞かせると、再び布袋に入れ戻し懐に入れた。大小を差して、破れ笠を被れば外出の仕度はなった。

最後に空の重箱を提げ、研ぎ上げた道具を抱えて、長屋を出た。

「仕事は休みかねえ」

長屋の女が聞いた。

「夜明かしじゃ。そう働いてばかりでは蔵が建つでな」

「ほんとほんと」

女たちの声に送られて小舟を出した。

まずは芝口橋の久慈屋の船着場に小舟を舫った。すでに久慈屋の荷船は一隻もない。配達に出たのであろう。

久慈屋の店先は小売店の番頭や手代が仕入れに大勢訪れて、賑わっていた。だが、帳場格子に大番頭観右衛門の姿はなかった。

「お早うござる。昨日、研ぎ残したお道具を届けに参った」

小籐次の声に観右衛門が奥から姿を見せて、

「夜明かしなされましたか」

と聞いた。

「京屋喜平どのは急ぎのようであったからな」

「赤目様が昨夕帰られた後、難波橋の親分が姿を見せられてな。やはり加賀湯の刺客は山野平道場の筋に間違いなかろうと言っておりましたが、長屋にはお訪ねありませんか」

「いや、難波橋からはなんの連絡もござらぬな」

「探索が中途と申しておられたゆえ、赤目様にはもうしばらく後に報告なされるのでしょうかな」

「ならば、それまで待ちましょうか」

小籐次は空の重箱を店の隅に置き、隣りの京屋喜平に道具を届けることにした。

こちらは久慈屋と異り女客が多く、なんとなく艶《なまめ》かしい。女にとって着物や飾り物と同じく足袋を仕立てるのは気持ちが華やぐものか。そんな客の想いが店じゅうに漂っていた。

「赤目様、いやはや急がせましたな。夜明かしをなされたか」

菊蔵が土間まで出てきて、道具を受け取った。

「お調べ願えぬか」

「赤目様の研がれた刃物に限り、なんの不都合がございましょう」

と言いながらも仕立て職人頭の円太郎親方を呼んだ。親方は店の客に会釈して、小籐次の前に座り台を置くと、革の端切れを載せた。

「昨日、研いで頂いた丸包丁の切れ味のよきこと、裁断するのが気持ちようございますよ」

と言いながら、一本の道具を手にして、刃先で革の端切れに当てた。

すいっ
と親方が手元に引くと、革は二つに見事に切り分けられた。

「うーむ」

と唸ったのは小籐次だ。これまでは布切れであったが、本日は硬い革を切り分けた手並みに驚嘆したのだ。

「いや、鮮やかな手並みかな。革の端切れが力も入れずにかようにも切れるものか」

「赤目様の研ぎ具合がよろしいからですよ」

職人と剣者は互いの腕を誉め合った。

菊蔵が帳場に戻り、研ぎ料を奉書に包んできた。どうやら小判が入っている様子だ。

「研ぎ代にございます」

「革足袋を誂えて下さるという。研ぎ料はまたに致そう」

「赤目様、それでは町回りの職人は務まりませぬ。よいですか、革足袋はこちらの勝手にございます。その代わりな、久慈屋さんの道具を研がれるときは、うちにも顔出しして下され」

と菊蔵が何度も念を押した。

久慈屋に戻ると、秀次親分が観右衛門と話をしていた。

「親分、それがしのことで造作をかけたな」

「こいつは御用にございますと申し上げましたぜ」

と笑った秀次が、

「ちょいと可笑《おか》しな話でございますよ」

と項《うなじ》を片手でぽんぽんと叩いた。

観右衛門が番頭の一人に、

「台所におりますでな」

と言い残すと、二人を台所に誘った。

小籐次が置いたはずの重箱がなくなっていた。

「私が奥へ運んでおきました」

「観右衛門どのの手を煩《わずら》わして済まぬことでござった」

観右衛門は店から奥へと姿を消し、小籐次と秀次は店の隅から奥へと通じる三和土《たたき》廊下を通って台所に向った。三和土は、土と石灰とにがりを混ぜてたたき固めた土間のことだ。

おまつら女衆が襷《たすき》掛けで昼餉の仕度をしていた。そんな中にお花の姿もあった。どうやら久慈屋の女衆の中に溶け込んだようだ。

「おまつさん、実に美味しい白和えであった」

と礼を述べた。

「なんてことないよ。赤目様の研いだ包丁を使うと仕事が捗《はかど》ると、女衆が喜んでるからね。夕餉くらい造作もないことだよ」

と言いながら、おまつは三人に茶の仕度をした。

広い板の間は女衆たちの戦場であり、奉公人たちの食堂であり、憩《いこ》いの場でもあった。

その板の間に黒光りした大黒柱があって、上方に神棚が祀《まつ》ってあった。その下が観右衛門の定席で、夏でも冬でも火鉢に鉄瓶《てつびん》がかかっていた。

三人はそこに向い合うように座した。

「赤目様、天流道場を麴町で開く山野平頼母でございますがな、麴町では二つばかり評判が立っております。まずは表看板の天流指南ですが、剣術家としてはなかなかの腕にございますそうな。そのせいで門弟も百人近くおるとのことでございます」

「繁盛にてなによりでござる」

「それが曰くがございますので。天流山野平道場の免許目録は金子で買えるというのが麴町界隈で評判でございましてな。金看板の免許皆伝はなんでも百両を積むと即刻もらえるとか」

「な、なんと免許皆伝が百両で売り買いですと。呆れたものだ」

「そのような大金を出して免許を得たところで、なんの役に立とう」

観右衛門と小籐次が呆れ顔で言い合った。

「それが、求める方がおられるから不思議なのでございますよ。御番衆などの御役を勤める大身旗本の子弟が客だそうでございまして、繁盛していると申すのです」

「世も末ですな」

と観右衛門が苦々しい顔をした。

「いま一つの山野平道場の評判ですがな、今小町と呼ばれる双子の姉妹に山野平頼母は恵まれてございます。ですが、嫡男《ちゃくなん》は生まれなかった。山野平としてはこの姉妹のどちらかにしかるべき屋敷から養子を迎え入れ、道場を継がせたい意向にございます」

「まあ、武家方ではよくある話です」

「大番頭さん、もうしばらく辛抱《しんぼう》して下され」

と観右衛門を諫《いさ》めた秀次は、

「双子姉妹の菜恵様と香恵様は十七歳。ちらりと遠くからお見かけしましたが、山野平のような無骨者にようも授かったというほど美貌の主でございましてな」

「鄙《ひな》には稀《まれ》なという娘御ですか。親分が誉めなさるわ」

「菜恵様と香恵様のご気性がまるで正反対、菜恵様はおっとりなされて他人にも優しい姉様にございます。ところが、妹の香恵様は気性も男勝りで、父親に幼少より仕込まれた小太刀の腕前は、下手な若侍などあっさりと打ち負かす技の持ち主だそうでございます」

「ほう」

「ともあれ、山野平道場に通う若い門弟の間では、それがしは菜恵様がよい、おれは香恵様と夫婦になりたいと日夜大騒ぎにて、姉妹を目当てに入門する者も跡を絶たぬということです」

「今時の武家方はなにを考えておいでか」

小籐次はおまつが淹れてくれた茶を喫して、秀次と観右衛門の問答を黙って聞いていた。

「山野平頼母にとって芝口橋で赤目小籐次様に門弟が打ち負かされた事件は、大いに剣術家の矜持《きょうじ》を傷つけられたようでございまして、頼母はあの日以来、赤目様から受けた恥辱を雪《すす》ごうとあれこれ策を練っているそうです。芝口橋の騒ぎが麹町に伝われば門弟入門にも差し支えるというわけです」

「親分、剣術家が自らの恥辱を雪ぎたくば、道場でけりをつければよいことではございませんか。なにの策をあれこれ練るというのです」

「大番頭さん、赤目小籐次様の名は今や江都に鳴り響いております。山野平頼母とて、まともにいって勝てる相手ではないと考えるのは無理からぬところでございましょう」

「親分は山野平頼母の肩を持ちなさるか」

「ご冗談を、大番頭さん」

と軽くいなした秀次が、

「父親の頼母以上に怒り狂っておるのが香恵様だそうでございましてな。道場に門弟を集め、赤目小籐次を打ち負かした者の嫁になると公言したそうにございます」

「十七歳の娘がですか、呆れた！」

「皆が出ぬならば香恵が出るとも言い、血相を変えた父親に止められたようです」

「それで一番手が加賀湯を襲いましたか」

「あれは門弟ではございませぬ。香恵様の婿にならんと欲した山野平道場の若い門弟たちが考えた策です。浪々の武芸者を通旅籠町《とおりはたごちょう》の木賃宿で探し、金子で雇い、まず赤目様の腕を試したというのが真相のようでございます」

「なんと愚かなことをなさるものですか」

と応じた観右衛門が、

「ということは、これから本式に門弟衆が香恵様の婿にならんと赤目様を襲うということですかな、親分」

「いかにもさようでございます」

「愚かにも程があろうに」

「赤目様、そう仰いますが、そなた様に降りかかる災難ですぞ。なんとか手を打たぬと厄介です」

「どうしたものかのう」

小籐次は秀次を見た。

「若い連中が勢いで考えたことともいえます。雇った刺客ではなく、自ら命を張って香恵様取りを行うかどうか、しばらく様子を見てみますか」

「そうじゃのう」

「ならば、手先を麴町に見張らせておきます」

「造作をかけるな」

その話はそれで済んだ。

「わっしはこれで」

と秀次は台所から姿を消した。

小籐次はその場に残った。そのことよりも気掛かりがあったからだ。

「お麻さんはお店に見えられたか」

「今朝早く相談に来ましたよ。なんでも糞尿汲み取りの一件で出入りの百姓に足元を見られたとか。私で差配が勤まりましょうかと暗い表情でございましたな」

「若い身空で差配をするのじゃ。しばし時間がかかるのは当たり前、今しばらく周囲のお力を借りよと申したのだが、自信をなくしておるようだな」

「いかにもさようでございます。私はな、父親の新兵衛の世話をしながら、ようやっておると考えております。だが当人は、これでは力足りずと悪いほうにばかり考えておるようです」

「なんでも一人前になるまでには時がかかるのだがな」

「仰るとおりに経験を積むことです。これに勝る薬はございませんでな」

「いかにもさよう」

観右衛門と小籐次は、お麻の働きを見守ることで一致した。

「南大工町まで参る」

「ほう、なんぞ御用で」

「いよいよ芝神明の大宮司どのから頂戴した孫六兼元の研ぎにかかろうと思う。刀の研ぎゆえ、仕上げの砥石が足りぬ。砥石屋に参って何本か補おうと思う。まあ、此度は購《あがな》った砥石で仕上げるしか手はあるまい」

孫六兼元を満足のいく刀に仕上げるには何十両、あるいは百両を超える金子がいった。それほど砥石の種類は多く、値が張るものなのだ。

「それは楽しみな」

「水戸家の下屋敷訪問は明後日でしたな」

頷いた観右衛門が立ち上がり、店に戻った。

「昼餉の刻限だよ、食べていかれませんかねえ」

とおまつが誘ったが、小籐次は、

「買い物に参るで、またに致そう」

と三和土廊下から店に戻った。すると、すでに帳場格子に座していた観右衛門が、

「研ぎ料を差し上げておきましょう」

と紙包みを差し出した。

「京屋喜平どのでも研ぎ代を頂戴した。いつでもよろしい」

「赤目様、道具に金を惜しんではなりませぬぞ。増して此度の研ぎは御自《おんみずか》らの差し料にございますからな」

と紙包みを小籐次の手に押し付けた。

「有難うござる」

京屋喜平と久慈屋でもらった研ぎ料は、破格にも合わせて三両であった。それに手持ちの金子を加えると五両二分三朱になった。これで購える仕上げ砥を探そうと南大工町に向かった。

南大工町は北に桶町、西に御堀端通り、南に南鍛冶町、東に東海道南伝馬町二丁目に囲まれ、元々国役大工を勤める親方が住んだ町内だ。

町内には今も御城に出入りするような畳師の渡辺与惣右衛門《よそうえもん》、尺八造りの佐藤太郎左衛門、墨所の大墨但馬《たじま》、蒔絵《まきえ》師の幸阿弥《こうあみ》与兵衛など名高い職人頭が軒を連ね、この中に砥石商山城兵衛《ひょうえ》があった。

小籐次は一刻（二時間）余り店先で番頭相手に吟味に吟味を重ねて、三つの砥石を五両一分三朱で購った。

これで孫六兼元の研ぎの仕度は整った。

だが、その前に水戸屋敷でのほの明かり久慈行灯の製作披露と山野平頼母の件の二つが小籐次にあった。

（まずはこちらをしのけるか）

小籐次はそう腹を決めた。

四

新兵衛長屋に小籐次が砥石の包みを抱えて戻ったとき、お麻が襷がけに姉様被りでせっせとどぶ掃除をしていた。

「お麻さん、精が出るのう」

「なにかしてないと気が落ち着かないんです」

そんなお麻の様子を、長屋の女たちがちらちらと見るような見ないような素振りで眺めていた。

小籐次は井戸端に桶を出し、水を張った。

此度、孫六兼元の研ぎに小籐次が買い求めたのは若狭国《わかさのくに》に産する常見寺砥《じょうけんじど》、尾張産の名倉砥《なくらど》、それに京の鳴滝《なるたき》付近に採れる鳴滝砥の三種だった。

これほどの砥石になると五両そこそこで購えるものではない。だが、砥石商山城兵衛の番頭は小籐次を見て、

「お武家様自らお研ぎになりますので」

「いかにも」

番頭は小籐次の風体を確かめていたが、

「もしや、あなた様は赤目小籐次様ではございませぬか」

と聞いてきた。

いかにも、と答える小籐次に頷き返した番頭は、

「今、江戸で名高き酔いどれ小籐次様は生計《たつき》を研ぎ仕事で支えておられると、人の噂に聞いたことがございましてな」

と言った番頭は、

「どのような砥石をお探しにございますな」

「刃に曇りを生じた孫六兼元を研ごうと思う。下地研ぎの最後の砥石と仕上げ砥石を探しに参ったが、用意できた金子は五両二分そこそこでな。望みのものを手に入れるのは難しいかのう」

「赤目様、近頃、どこも良質の砥石の原石が出ませぬ。ゆえに、名高き産地の石は値が張ります。一石何十両というのも珍しくございません」

「やはり何十両か、無理じゃな」

がっかりとした小籐次の顔を見て、

「失礼にございますが、うちの砥石で赤目様の研ぎぶりを拝見させては頂けませ

ぬか」

と、番頭は店の一角に設けられた研ぎ場に小籐次を案内した。

研げと与えられたのは粗方下地研ぎを終えた短刀だった。無銘だが、形と刃文から相州の鍛冶の手にかかったものと小籐次は推測した。おそらく試し研ぎのための短刀であろう。

研ぎ場の床几《しょうぎ》に腰を下ろし、桶の位置を変えた。爪木《つまぎ》に足をかけて、右膝頭を立てて、姿勢を整えた。

桶の水を確かめ、無数の砥石類から内曇砥《うちぐもりど》を選んだ。

京に産する内曇砥は下地研ぎの最後の工程だ。水を吸い込んだ内曇砥の表面を濡れた手で優しく触った。

硬い感触が指先に伝わってきた。

続いて短刀の刃先を眺めた。一見、下地研ぎを終えているように見えたが、どこかざらついた感じを残していた。そこで表面が硬めの内曇砥を選んだのだ。

小籐次は前傾に姿勢を保つと、いつもの研ぎ作業に入っていった。

四半刻（三十分）も過ぎたか、

「赤目様、もうよろしゅうございます」

と言った番頭は三種の砥石を揃えていた。

「赤目様の研ぎの技量、江都を騒がす剣術の腕前に匹敵するものでございますな」

と誉めた番頭は、

「常見寺砥、名倉砥、鳴滝砥と三つ砥石を揃えました。先ほども申しましたが、石目よき砥石なれば一つ何十両で取引なされましょう。この三つは形がちと悪うございます。ですが、腕よき研ぎ師が丹念に石を磨いて、道具に造り上げれば何十両の砥石と変わりはありますまい。どうですな」

「それがしの持ち金で購えようか」

「石もな、名人に使われてようやく価値が出ます。赤目様なれば砥石も喜びます。仕入れ値の五両一分三朱でお譲りします」

と破格の申し出であった。

「有難く頂戴致す」

小籐次は、まず孫六兼元の研ぎに掛かる前に砥石を仕上げる仕事があった。だが、時をかけてゆっくりと仕上げる楽しみができたと、水を張った桶に砥石を浸けた。

　ふと気付くと、おきみが傍らに立っていた。

「赤目様、砥石なんぞを水に浸けてにたにたと笑っておられたが、気味が悪いね。それほど砥石が愛《いと》おしいかね」

「おおっ、酒の次に愛おしいな」

「男の気持ちは分らないもんだねえ」

　と首を捻ったおきみが、

「あのさ、お麻ちゃんだがねえ、気を詰めすぎていないかねえ」

　と、どぶ掃除に精を出すお麻を見た。

「長屋のどぶ掃除はさ、月初めと決まってるのにさ。それに大家の出る幕じゃあない。長屋のみんなの仕事だよ。今月さ、いい加減にどぶ浚《さら》いをした当てつけかねえ」

「おきみさん、そうではないな」

「そうではないって、ならばどういうことだい」

「お麻さんは差配職の按配が未だ摑めぬのじゃ。今朝も久慈屋に参り、大番頭の観右衛門どのにこれで差配が勤まっているかと相談をしておる。大番頭は長い目でお麻さんの仕事ぶりを見ようとなされておられる。それが分るだけに、お麻さんは体を動かしてなんとか役に立ちたいと思っておるのだ。そなた方がどう考えるかなど思い至る余裕がないのだ。もうしばらく黙って見ていてくれぬか」

「それでいいのかえ」

「それでいい」

二人は期せずしてお麻を見た。

お麻は木戸口にどぶから浚った泥を積み上げていた。

「お麻ちゃん、私も手伝うよ」

おきみが陽気な声を張り上げ、お麻の許へと走っていった。

小籐次は水に浸した砥石の表面の小さな傷を丹念に削り、刃があたる部分を平らにする作業に日が暮れるまで没頭した。だが、その作業は何日も続く根気仕事であった。


まだ暗い道場の片隅に、赤目小籐次は座していた。

麴町八丁目の裏手にある天流山野平頼母道場だ。

世に天流を名乗る流儀はいくつかあった。

その中でも一番名が知られた天流は、斎藤伝鬼房《でんきぼう》勝秀によって創始されたものだ。常陸国真壁《まかべ》郡荒井手村の出の伝鬼房は父の代から北条氏康《うじやす》に近習《きんじゅ》として仕えた。

伝鬼房は剣術を塚原卜伝《ぼくでん》の新当流に学び、鎌倉鶴岡八幡宮に参籠して、啓示を得、天流を立てた。

異装の主の伝鬼房は、神道流の達人、霞《かすみ》と称する武芸者と立ち合い、打ち殺してしまった。恨みを持った霞の一統が伝鬼房を取り囲んで矢を射かけ、暗殺しようとした。伝鬼房は鎌槍で矢を切り防ぐこと数十本、阿修羅《あしゅら》の如く奮戦したが、多勢に無勢、そのうえに遠くから放たれる飛び道具に勝てず斃《たお》された。

山野平頼母は、どうやら異能の剣士斎藤伝鬼房勝秀の流儀を習得したようであった。

七つ半（午前五時）の刻限、住み込みの門弟が道場に集まり、薄暗い中、稽古を始めた。だが、道場の片隅に座禅するように陣取る赤目小籐次に気付かなかった。

通いの門弟たちも道場に姿を現し、小籐次に注意の目を向けた。だが、見学の武芸者と思ったか、格別声を掛ける者はいなかった。

五つ（午前八時）、山野平道場は七、八十人の門弟たちが打ち込み稽古に精を出して、熱気に包まれていた。

師範が不意に大声を上げた。

「山野平先生の道場入りである！」

打ち込み稽古の弟子たちが左右の壁に退き、出座した山野平頼母と香恵と思《おぼ》しき娘が姿を見せて、見所《けんぞ》に座した。

父は派手なだんだら縞の稽古着、娘は朱色の道場着姿だ。

「山野平頼母勝馬先生、本日もご壮健の様子、祝着至極にございます」

師範が声を張り上げ、一同が和した。

山野平が鷹揚《おうよう》に頷いた。

「香恵様、ご機嫌麗しゅう拝察致します」

「皆の者も壮健でなによりじゃあ」

顔に険はあったものの、整った容貌の十七歳の娘が、年上の門弟数多に言い放った。

そのとき、道場の一角から笑い声が響いた。

「笑止《しょうし》なり、茶番なり！」

山野平が、
きっ
と道場の隅を見た。

そこに年寄りがひっそりと座していた。

「何奴か！」

道場内が騒然となり、何人かの門弟が木刀を手に招かれざる訪問者に迫った。

「赤目小籐次にござる」

「なにっ、赤目とな」

と立ち上がった山野平が、

「何用あって道場に無断で入りおった」

「鼻っ柱の強い娘が婿を餌《えさ》に赤目小籐次暗殺を企てておると聞き及んだ。過日も湯屋に刺客が乱入いたしてな、危うく客に怪我をさせるところであったわ。これ以上、付きまとわれても敵わぬ。そこで赤目小籐次自ら押しかけた。娘の婿どのになりたい門弟を束にして相手せんがためよ」

「おのれ、増上慢《ぞうじょうまん》にもほどがある」

見所で山野平が足踏みして怒り狂った。その隣りで香恵が、

「父上、ここは門弟にお任せ下され」

と父親に言い、門弟たちに向き直ると、

「皆の者、よおく聞け。この香恵を娶《めと》りたくば、この爺侍を打ち据えよ。斬り捨ててても構わぬ。そなたらが出ぬとあらば、この山野平香恵が立ち合う」

と言い放った。

「香恵様、それはなりませぬ」

師範が制止すると、

「予《かね》て名乗り出た五名の者、前に出よ」

と命じた。

「おうっ」

即座に五人の若侍が立ち上がり、見所の前に集結した。

小籐次はそれを見るとゆらりと立ち上がり、三尺五寸の竹棒を持して道場の中央に進んだ。

それを見た五人の若者が急に勢いづいた。年寄りのうえに五尺そこその矮軀を見て、

「与《くみ》し易《やす》し」

と見たからだ。

「一番手、榊原監物《けんもつ》」

「いや。それがし、佐々木小冶太《こやた》にござる」

二人の門弟が一番手に名乗りを上げた。共に六尺を超える巨漢だ。

「よいよい、二人一緒にても構わぬ」

小籐次の言葉に怒りを滲ませ、赤鬼のように紅潮した形相の榊原が木刀を手に飛び出した。仕方なしに佐々木が榊原の後詰《ごづめ》に回る。

小籐次は竹棒を杖のようについて、木刀を上段に威嚇《いかく》するような構えの榊原に対峙した。

「おりゃおりゃ」

榊原は気合いの声を発しつつ、前後左右に飛び跳ねて動き、間合いを計った。

一方、小籐次は杖をついた姿のままだ。

間合いは二間。

一気に榊原が突進してきた。上段の木刀を不動の小籐次の眉間に落としながら詰めた。榊原が、

(届いた)

と胸の中で快哉《かいさい》を叫んだ瞬間、小籐次が、
するり
と木刀の下に自ら身を滑り込ませ、杖が躍ると榊原の鳩尾を軽く突き上げた。
だがその衝撃は凄《すさ》まじく、巨体にものを言わせて突進してきた榊原の両足が宙に高々と浮き、背中からずでんどうと道場の床に叩きつけられて、失神した。
「おおっ！」
どよめきが道場に上がり、佐々木が小籐次の横手から間合いを詰めると、両手の木刀を車輪に回して襲いかかった。
小籐次の胴を叩き潰す勢いの胴打ちだった。
だが、小籐次が反動もつけずに虚空に飛んで胴打ちを躱《かわ》すと、佐々木の面に竹棒を、
ぽーん
と叩きつけた。
うっ
という呻き声を洩らして立ち竦んだ佐々木が、腰砕けに道場に崩れ落ちた。
一瞬の早業に道場が今度は森閑《しんかん》とした。

「残り三人の婿どの志願は束になってきなされ」

床に音も立てずに着地した小籐次が三人に言った。呆然として我を忘れていた三人が、小籐次の言葉に釣り出されるように立ち上がった。

すいっ
と小籐次が三人の前へ矮軀を進めた。

二人の若武者を倒したというのに息一つ乱していない。

三人の門弟たちは化け物でも見るような視線で小籐次を見ていたが、半円に小籐次を囲んだ。

竹棒と木刀の切っ先の間に一間の空間が広がっていた。

小籐次は竹棒を自らの左の脇へと流して持ち、

「来島水軍流流れ胴斬り」

と呟いた。

「ぬかせ、酔いどれ小籐次！」

小籐次の正面にいた若者が正眼の木刀を引き付けて、飛燕《ひえん》のように飛び、間合いを詰めた。

小籐次も応じて前に出ると、竹棒を引き回した。

木刀が小籐次の額を割るか、小籐次の竹棒が相手の胴に届くか。

門弟たちが固唾《かたず》をのんで注視した。

ばしり！

竹棒が胴を抜いて叩き、横手に相手の体が吹っ飛んで床に転がった。

「おおおっ！」

悲鳴とも絶叫ともつかぬ声が上がった。

その瞬間、小籐次の矮軀は左へ飛び、竹棒を振るい、さらに右手に折り返して残る一人の胴を決めて道場に転がした。

山野平道場に魚河岸の鮪《まぐろ》のように五人の若者が倒れて、呻いていた。

一瞬の間のことだ。

「二、三日は痛みが残ろうが、大した打撃ではないわ」

息も切らさず言い放った小籐次の視線が香恵にいった。

「相すまぬのう。婿どの志願を種切れにしてしもうた」

「おのれ、許せぬ！」

朱色の道場着の香恵が、定寸より短い木刀を手に見所より飛び出してきた。

「香恵！」

と叫んで父親の山野平頼母が制止しようとしたが、すでに香恵の体は小籐次の前にあった。

すらりと伸びて鍛え上げられた五体は、小籐次より三寸ほど高いか。

興奮と憤激に紅潮した顔は麴町界隈で、

「小町姉妹」

と呼ばれるに相応《ふさわ》しい美形だった。

だが、面上に憎しみが横溢《おういつ》して美貌を台無しにしていた。

「どうじゃな。この爺に負けたら小太刀の修業はほどほどにして、母者に縫い物なんぞを習わぬか」

「香恵に指図をするでない！」

眉毛がきりりと上がり、木刀が正眼に構えられた。

小籐次は竹棒を相正眼につけた。

「ほう、自惚《うぬぼ》れるだけのことはあるわ。なかなかの構えかな」

「言わせておけば増長しおって」

香恵が間合いを詰めた。

小籐次は動かない。

一気に勝負の境を切った香恵の木刀が竹棒を弾くと、肩を狙おうとした。だが、弾こうとした竹棒が木刀に吸い付いたように絡み付いた。

香恵はぐいぐいと押し込んで、木刀を外そうとした。

小籐次がするすると後退した。

香恵は一気に道場の羽目板まで小籐次を押し込み、背中を叩き付けて、間合いを外すと同時に面打ちを狙おうと考えを変えた。

「おおっ、香恵様が押し込んだぞ」

「得意の面打ちかのう」

「いや、胴を抜くな」

と思わず言い合う門弟たちは信じられない光景を目にした。

なんの術《すべ》もなく後退する小籐次の背に目がついているふうに羽目板との距離を読み、絡み合った竹棒と木刀を支点に、
するり
と互いの体を入れ替えた。

次の瞬間、羽目板に押し付けられたのは香恵だった。

「さて、どうするな。じゃじゃ馬娘よ」

「慮外者《りょがいもの》が！」

と叫ぶ香恵の顔から自信が消えかけていた。

小籐次が、
すいっ
と後退した。

自由を得た香恵が木刀を小籐次の肩へと落としながら、

「爺、死ね！」

と突進してきた。だが、腰が浮き、木刀も狙いが定まっていなかった。

小籐次の竹棒が香恵の肩に軽く、
とーん
と止まると、香恵はその場に崩れ落ちた。

もはや山野平道場は粛《しゅく》として声がない。

小籐次の背で殺気が走った。

小籐次はゆっくりと振り向いた。

だんだら縞の稽古着の山野平頼母が朱塗りの大剣を抜き放って、鞘を見所に投げ捨てたところだった。

「斎藤伝鬼房勝秀どのの流れを汲むそなたに、竹棒では非礼かな」

小籐次の手から竹棒が床に捨てられた。

「赤目小籐次、許せぬ」

「そなたにとって剣術は銭儲けの道とか。履き違えおったな」

「大言はそれまで」

山野平が刃渡り三尺五、六寸はありそうな豪剣を左八双に立てた。さすがは天流道場を江戸の麴町で開いてきただけのどっしりとした構えだった。

「そなた、利き手は左か」

小籐次の口からこの声が洩れた。

腰を落とした山野平が間合いを詰めてきた。

勝負の間仕切りに踏み込んでいた。

だが、小籐次の次直は未だ鞘にあった。

両者が互いの目を睨み合った。

不動の睨み合いが数瞬続き、濃密にも戦いの空気が膨《ふく》れ上がり、弾けた。

阿吽《あうん》の呼吸で二人が仕掛けた。

山野平の八双の剣が斜めに斬り落とされ、小籐次は自らその刃の下に身を滑り込ませた。

「あっ！」

道場の門弟が思わず知らず叫んでいた。

師匠の勝ちを確信してだ。

だが、矮軀の老武芸者の手が腰の一剣の柄にかかり引き抜くと、それが白い光になって、山野平の剣を保持する左手首に伸び、腱《けん》を斬り放った。

血飛沫《ちしぶき》が飛んだ。

両者がすれ違い、反転して睨み合った。

蒼白の山野平の手から豪剣が落ちて床に、
ごろごろ
と転がった。

山野平は斬られた左手首を右手で抱えた。

「お医師に行かれよ。うまくいかば手首は縫い合わされて元に戻ろう。だが、もはや剣術家の道は歩めぬ」

そう宣告した小籐次は、次直を構えた姿勢のままに道場の出口へと後退して消えた。

第四章　奇芸荒波崩し

一

久慈屋の船着場で小舟の道具と材料が大きな荷船に積み替えられ、大番頭の観右衛門、筆頭手代の東次郎と、さらには小籐次が乗り込んだ。

船着場では観右衛門の次に老練な番頭の大蔵らが見送り、船の中から観右衛門が、

「店を頼みますぞ」

と声をかけて、船は築地川へと下っていった。

荷船には舳先と艫に二人の船頭が乗っていた。水戸屋敷に到着した折には東次郎を手伝い、荷揚げをするためだ。

久慈産の西ノ内和紙の菰包みのほかに、小籐次が折々に下拵えしてきた竹片と、芝の浜で拾った流木を四角や六角や円形に切った材料が雑多に積まれていた。

「いろいろと積み込まれましたな」

観右衛門が小籐次に言った。

「なんとのう、こうしよう、ああしようと考え、竹を様々な長さやかたちに揃えたり、拾い集めた流木を台座に利用しようと思ったりしている内に、かような大荷物になり申した。お借りしておる小舟では、到底積みきれませんでした」

「水戸藩でも大乗り気にございますからな。赤目様がいろいろとお作りになるのは歓迎なされましょう」

築地川から江戸前の海に出て、鉄砲洲と佃島の間の水路を抜けて、大川へと入っていった。

「他人様が漕ぐ船に揺られていくのはよいものですな」

「そのせいか、赤目様のお顔が和やかでございます。なんぞございましたかな」

「なんぞと申されても」

「秀次親分が昨夜参られましてな」

「なんと、もう話が伝わっておりますか」

「赤目様の方から山野平道場に乗り込まれたそうな」

「早朝ゆえ、秀次親分方の目をごまかせたと思うたがのう」

「なんのなんの、親分方の探索は、朝晩関わりなしにございますでな。赤目様が門弟やらじゃらじゃら馬娘らを懲《こ》らしめ、父親の手首の腱を斬り放たれたのを格子窓からとくと覗いていたそうですよ」

「それは気がつかなんだ」

「大掃除ができましたな」

「姉を見習い、香恵どのが大人しゅうなるとよいのじゃがのう」

「秀次親分は、道場を畳むのではないかと推量しておりましたがな」

二人の問答のうちに、荷船は大川に架かる永代橋、新大橋、両国橋と潜り、御《お》廐《うまや》河岸ノ渡しを左に見て、段々と流れの中央から左岸へと移ろうとしていた。

最後に吾妻橋を潜ると、本所小梅の水戸藩下屋敷が見えてきた。

久慈屋の荷船は水戸家の石で造られた船着場に到着した。すると、そこには竹木奉行大鳥俊頼が出迎え、

「久慈屋、ご苦労じゃのう。荷は運ばせるで、まず赤目どののところへ参られよ」

と観右衛門と小籐次を案内しようとした。

「大鳥様、恐縮にございます」

観右衛門が腰を屈めて挨拶するのを見ながら小籐次は、朝湯に行って身を清め、髭《ひげ》を当たってきてよかったと考えていた。だが、作業着に破れ笠姿はいつもと変わりない。

「東次郎、荷と道具をお願いしますぞ」

と観右衛門が筆頭手代に言い残して大鳥に従った。驚いたことに、下屋敷作事場には大勢の重臣の姿があった。

「これは驚きました。ご家老のお一人、戸田忠春様がおられますぞ。おおっ、小姓頭の太田拾右衛門様、大納戸《おおなんど》奉行の土方《ひじかた》様など、お歴々が顔を揃えておられます」

御三家水戸徳川家の重臣が十数人も顔を揃え、赤目小籐次のほの明かり久慈行灯の製作ぶりを見物する気らしい。

観右衛門が素早く江戸家老職の一人、戸田の許へ挨拶に行った。

その間に太田が小籐次の許へ来て、

「赤目どの、ご足労にござる」

と声をかけてくれた。なんとも窮屈かなと思っていたところへの知り合いの太田の気遣いに、小籐次も正直ほっとした。

「太田どの、それがしの拙《つたな》き素人技に重臣方が参集なされ、恐縮至極にございます」

「なんの、これは斉脩様のお声掛かりにございますれば、当然のことにございます」

と応じた太田が、

「ご家老、このお方が酔いどれ小籐次こと赤目小籐次どのにございますぞ」

と紹介した。

「おおっ、泰平の世にあって大名四家をきりきり舞いさせた御仁か。なりは小さいが不敵な面魂《つらだましい》よ」

と自らを納得させるように頷いた戸田が、

「赤目氏、此度は水戸特産のもので作る、ほの明かり久慈行灯の教授方、宜《よろ》しゅうお願い申す」

「手助けになりますかどうか、精々勤めさせて頂きます」

というところへ、水戸家の家中の小者や東次郎たちが材料や道具を運んできた。

作事場の広い板敷きにそれらが広げられ、小籐次は腰の次直を抜くと傍らに置き、脇差一つの姿で行灯作りの作業場を自ら設けた。

緊張し切った東次郎が、久慈屋所蔵のものから選びぬかれた西ノ内和紙の包みを解いて、いくつかの種類に分けた。

紙はその年の楮《こうぞ》の出来具合や水や漉《す》き方で模様や色が微妙に異なる。そんな風《ふう》合《あ》いの違うものを観右衛門が幾種類か、選んでいた。

「赤目様、この大勢のお武家様に見られますと、手が震えます」

東次郎が囁いた。

「東次郎さんや、皆様のご身分を気にしておってはは仕事にならぬわ。土手に生《な》った南瓜《かぼちゃ》とでも思うことだ」

小籐次も囁き返して、東次郎が、

「羽織袴の南瓜でございますか」

と小声で言うと微笑《ほほえ》んだ。

小籐次は浜で拾った流木を丁寧に洗い、自然が創り出した造形や筋目の美しさを生かすようなかたちに切り、縁には丁寧に鉋《かんな》をかけていた。

「本日は久慈に産する西ノ内和紙の漉き模様を生かそうと、敢えて細工は施しませぬ。また紙の美しさを見て頂くために大小かたちの異なる行灯を作ろうかと思います。もしこれが藩内の工人たちの手で作られるときは、行灯のかたちも幾種類かに限り、竹、紙、木材のかたちも揃えねばなりますまい」

水戸家の名物として量産することになれば素材のかたちを揃える必要があった。だが、今は竹と紙と木が生み出す新たな照明器具の魅力を水戸家中に知ってもらうことが先決だと小籐次は考えたのだ。

そんなことを説明しながら、小籐次は芝の浜で拾った流木から切り出した台座、蠟燭立て、油壺に灯心、竹片、ひごなど材料を並べて、竹の扱いなどを細かく説明した。

作事場にはいつしか重臣方のほかに下級武士たちが小籐次の説明に熱心に聞き入り、中には筆記している家臣もいた。

この日、小籐次が用意したほの明かり久慈行灯の材料は八組で、どれ一つとして大きさ、かたちが同じものはなかった。

小籐次は組み立て作業に入った。

およそのことは長屋で考え、枘穴《ほぞあな》や竹の組み合わせなどは下拵えしてきたので、作業は流れるように進んだ。

「太田、一芸に秀でられた方はなにをさせても巧みなことよのう」

江戸家老の戸田忠春が嘆息した。

「いかさま、手順に遅滞がございませぬな。赤目どのの手捌《てさば》きを藩内の者にのみ込ませるには時間がかかりましょうかな」

二人が問答する間にも様々なかたちの行灯の骨格が組み上がり、いつしか八種類の照明器具の骨格が現れた。

「これはまた、大きさも様々ならば素材もばらばらであるな。が、これでどう紙が貼られるのであろうか」

戸田が首を傾《かし》げた。

小籐次は東次郎が並べた西ノ内和紙を選び、脳裏に思い描いた紙のかたちを確かめた。

小籐次は昨夜研ぎ上げた小刀を手にすると、下書きも加えることなく、
すいいっ
と切り出した。

観右衛門が思わず驚きの声を上げた。

「ご家老、太田様、赤目様の手捌きを見られましたか。複雑な曲線を下書きもな

しに流れるように切ることは、熟練した紙屋の老職人でもできかねます。いやはや、驚きました」

「紙問屋の職人でもできぬと申すか」

「私どもは小僧に入ると、何帖にも重ねた紙を真っ直ぐ縦横に切ることを教わります。ですが、曲線や複雑微妙なかたちに切れと言われてもそれはできませぬ。見て下され。紙の切り口も見事なこと、筋の一つまですっぱりと切られて、切り残しがございませぬ」

「いや驚き入った手《て》練《だれ》よのう」

ふと観右衛門が視線を小籐次の手元から転じて見物の衆に移すと、重臣方の他に実際に製作に携わることになる作事奉行、竹木奉行の支配下の家臣たちが熱心に見物し、大事なところは矢立の筆で記録していた。

八組の行灯のために切り出された紙は一つとして同じかたちのものはなかった。それが百枚はありそうなほど切り分けられた。

刻限はすでに昼時分を過ぎていた。だが、だれも作業を中断しようというものはいなかった。

小籐次は懐から扱《しご》き紐を出して襷掛けにした。

東次郎が糊と刷毛を用意して、小籐次に糊の溶き具合を確かめた。

小籐次は皿の糊に刷毛先を浸して皿の縁で確かめ、

「東次郎どの、宜しゅうござる」

と頷き返した。

骨組みのできた行灯の一つに対した小籐次は、脳裏に思い描く行灯のでき上がりと図面の細部を最後に確かめた。

頷いた小籐次が切り出した西ノ内和紙の一枚を手にとり、行灯の枠組に糊を刷毛で手早く刷くと紙を貼った。

「いやはや、酔いどれ小籐次どのの手捌きの巧みなことよ」

太田拾右衛門が嘆声を上げるうちに二枚目、三枚目の紙が貼られて、徐々に優美なかたちをした行灯ができ上がっていった。

見物の者たちは時が経つのを忘れて小籐次の手の動きを注視していた。

最後に蠟燭立てや灯心を付けた油皿が固定されて、大小の蠟燭が立てられ、油が注がれた。

ふうっ
と小籐次が息を吐いたのは夕暮れ前のことだ。

襷を解き、ほの暗くなりかけた作事場に八つの不思議なかたちをした行灯が並んでいた。

八つの新しいほの明かり久慈行灯の誕生だった。

「摩訶不思議《まかふしぎ》なかたちの行灯よのう」

戸田が訝しげに首を傾げた。

そんな中、小籐次は行灯を作事場のあちらこちらに、それぞれの間隔を離したり、高低差をつけて配置した。

小籐次は並べ終わると、その場に正座して、

「皆様方、長々とお待たせ申しました」

と挨拶した。

「赤目どの、ご苦労でしたな」

と戸田が労《ねぎら》い、

「それがし、このような行灯を見たこともない。点灯してくれぬか」

と頼んだ。

頷いた小籐次は東次郎から種火の小蠟燭を受け取ると、端から灯りを点していった。

おおっ
という感動のどよめきが静かに起こった。

だが、その直後には言葉が消え、作事場は森閑とした静寂に包まれた。

小籐次はひたすら蠟燭や灯心に灯りを点して回った。

すべてが点灯された。

紙と竹と木が生み出した幻想の光の造形世界があった。

西ノ内和紙と竹と木が形作る道具に光が魂を吹き込んだ瞬間、その場に在るものは不思議な世界に誘われて言葉を失っていた。

長い沈黙の後、小籐次が立ち上がった。

「ちと座興を付け加えとうなり申した」

と呟いた小籐次が、腰から抜いていた次直を帯に手挟んだ。

「東次郎どの、西ノ内和紙を一帖ほどくれぬか」

東次郎が用意してきた西ノ内和紙二十枚を差し出した。

小籐次が両手で半紙を受け取り、作事場の狭い場所に立った。

水戸家の重臣も家臣も観右衛門も、小籐次がなにをなすつもりか推量もつかなかった。

「なにを致す気か、太田」

「それがしにも見当もつきませぬ」

太田拾右衛門が首を横に振り、小籐次の動きを凝視した。

小籐次の矮軀は八つの大小様々な、

「ほの明かり久慈行灯」

に照らし出されて、西ノ内和紙を両手に捧げ持ち、立像のように立っていた。

ふうっ
と息を静かに吸うと止めた。

次の瞬間、西ノ内和紙一帖が作事場の天井へと静かに投げ上げられた。

西ノ内の半紙は縦八寸横二尺二寸と大きなものだ。それが二十枚、虚空に気配もなく舞い上がり、天井付近に達すると、今度は小籐次目掛けて落下してきた。

矮軀が躍ったのは、半紙が水平を保ちつつ頭上に達したときだ。

腰間《ようかん》から次直が鞘走り、

「来島水軍流波颪《なみおろし》」

の声が発せられると、西ノ内和紙がものの見事に両断された。

おおっ

という歓声が見物の衆から洩れた。
だが、驚くのは早かった。
二つに切り分けられた西ノ内和紙四十枚に次直が襲いかかり、再び二つの紙束をそれぞれ両断した。
小籐次はその場にあって次々に西ノ内和紙二十枚を四十枚、八十枚、百と六十枚に切り分けていく。
紙が小さく切られれば切られるほど、さらに小さく両断するのは難しい。だが、小籐次は悠然と舞でも舞うように次直を振るい続け、ついには一寸角にまで切り刻むと、最後に次直を円に回した。
虚空で切り刻まれて固まりながら蠢《うごめ》いていた紙束が、
ぱあっ
と広がり、花吹雪と化した。
「常陸の国は久慈の流れに作り出された西ノ内和紙、落花大花吹雪にござる！」
花吹雪は八つのほの明かり久慈行灯の灯りに浮かんで、
ひらひら
と夏に降る雪模様を見せていた。

次直が、
ぱちん
と鍔鳴りして腰に戻った。

花吹雪は静かに静かに舞い落ちて、消えた。

「酔いどれ小籐次、恐るべし！　酔狂《すいきょう》なり、達人なり！」

戸田忠春が喉から言葉を搾《しぼ》り出すように呻いた。

「久慈屋の大番頭どの、それがし、背中に冷や汗が流れてどうしようもない」

「太田様、私の膝はがくがくと鳴っております。赤目様とは昵懇のお付き合いゆえ、およそのことは承知と、この観右衛門、うぬぼれておりました」

「赤目氏、われらの肝を存分につぶされたな」

とようやく顔に笑みを戻した戸田が、

「おい、座敷に用意した酒肴《しゅこう》、作事場に運んで参れ。今宵《こよい》は赤目氏が生み出された業《わざ》の名残りに酔い痴《し》れようか」

と命じて、直ちに菰被りの四斗樽《しとだる》と朱塗りの大杯が運ばれてきた。

「赤目氏、そなたは名高き酒豪と聞き及んでおるが、わが藩の竹木奉行の大鳥も水戸家一の酒飲みでな。まずは大鳥から赤目氏に献杯を致させようか」

五升はたっぷり入りそうな大杯に酒が注がれ、大島が小籐次の前に差し出した。

朝から水も食べ物も口にしていない小籐次の鼻孔《びこう》に堪らぬ香りが漂ってきた。

「赤目どの、行灯といい、来島水軍流の花吹雪の舞といい、われら言葉もござらぬ。ご苦労にございました」

七分どおり酒が注がれた大杯が差し出され、小籐次が、

「遠慮のう頂戴致します」

と、酒の香を十分に嗅ぎ、悠然と大杯の縁に口をつけた。

大杯が傾けられ、喉が鳴った。

ごくりごくり
悠然と淀みもなく喉へと流れていった。

「甘露にござる」

と答えた小籐次が、

「大島どの、ご返杯にござる」

空の大杯に七分どおりの酒が注がれて、大島がこれもまた見事に飲み干した。

作事場に再びどよめきが起こった。

三升を飲んだ大島の顔が、ほの明かり久慈行灯の灯りにてらてらと光って見え

た。

小籐次の胃の腑に二杯目が収まった。その顔色はまるで変わるところがない。

大鳥は二杯目を二度、三度と分けて飲み干し、

「ご家老、赤目様にかかるとそれがしの大酒など児戯《じぎ》にございます」

とろれつの回らぬ舌で言い、空の大杯を抱えたまま、

ごろり

と後ろにひっくり返った。

二

夜の、水戸藩下屋敷、本所小梅の船着場を荷船が離れた。

太田拾右衛門ら見送りの人々に挨拶する観右衛門の傍らで小籐次は会釈を返していたが、船が流れに乗ると、思わずがっくりと頭を垂れて眠り込んでしまった。

遠くから観右衛門と東次郎の話す声が聞こえてきた。

「赤目様もさすがに緊張が解けたのであろうかな」

「朝早くから昼餉抜きの作業にございました。お疲れも当然なことと思います。

お手伝いしただけの私もくたくたにございます」

「ああ、お歴々が顔を揃えられるとは考えもしませんでしたな」

「赤目様は水戸に参られることになりそうですね」

「この夏にもそういうことになろう」

家老の戸田忠春が重臣に、

「水戸城内にほの明かり久慈行灯の作事場を即刻設ける。夏前にも赤目氏を招聘《しょうへい》して教授方を願い申そう」

と命じ、太田拾右衛門が、

「藩物産方に行灯製作に携わる者を人選させますか。人数はどれほどと致しましょうかな、ご家老」

「まず指導する人間に赤目氏の技を習得させねばなるまい。その後、彼らを藩内に散らせて、久慈川流域の村々にその技を広めていく手筈かのう」

戸田は小籐次の工芸の技を家臣に教え込み、その者たちを指導方にして西ノ内和紙の産地、久慈川流域の里村に技術を伝えようと考えていた。

小籐次が直に指導するのでは広範囲に技が伝わらぬというわけだ。

勘定奉行が応じた。

「行灯の売り先は主に江戸にございましょう。となると、江戸屋敷にも販売を担う部署を設けねばなりませぬな」

「勘定奉行物産方に仮部署を置き、しばらく様子を見ようか」

「承知しました」

などと、酒の席で次なる工程が決まった。

また、戸田から小籐次に、

「赤目氏、そなたが最前申されたとおり、江戸で売り出すほの明かり久慈行灯は、まずかたちを三つか五つほどに決め、材料と作業工程を統一して、どこの作業場で作っても同じような行灯が作られねばならぬぞ。なんとか作業が簡便な方法を考えてはくれぬか」

と註文が付けられた。

量産となると当然の註文だ。

小籐次は承った。

半睡半眠の中でそんな会話を思い出していたが、ついには鼾《いびき》をかいて眠りに落ちた。

そろそろ夕涼みの船が大川に現れる季節を迎えようとしていた。酔いの小籐次には夜風が気持ちよく、船の揺れと相俟《あいま》って心地よい眠りに誘った。

とーん

と船がなにかに当たった衝撃に小籐次は酔眼を開けた。すると、久慈屋の船着場に荷船は到着していた。

「おおっ、失礼を致した。思わず眠りに落ちたようだ」

「お疲れ様にございましたな。今晩は店に泊まっていかれますか」

「いや、長屋に戻ったほうがなんぼか気が楽でござる。道具を小舟に移して戻ろう」

と小籐次が立ち上がると、東次郎と船頭が心得て、道具類を小舟に積み替えてくれた。

水戸藩下屋敷で作った行灯はすべて置いてきた。明日にも藩主斉脩にお目にかける手筈になっていた。それだけに、持ち帰ったのは行灯を組み立てるのに使った道具類だけだ。

「造作をかけたな。東次郎どのも船頭さんも遅くまでご苦労であった」

挨拶もそこそこに小舟に乗り移ると、東次郎が舫い綱を解き、小舟を押し出してくれた。

「ゆっくりお休み下されよ」

観右衛門の声に見送られ、

「皆さんもな」

と声を返した小籐次は、艫に半身で腰を下ろしたまま、悠然と櫓を操って長屋へ向った。

月の上がり具合から四つ（午後十時）過ぎと見当をつけた。

芝口新町の堀留に小舟を入れると、裏長屋の大半はすでに有明行灯に替えて、眠りに就いていた。

どこかで犬が吠えていた。だが、異変を感じてのことではなさそうだ。なんとなくのどかな夜だった。

世に、芸は身を助ける、という。

豊後森藩一万二千五百石の下屋敷の奉公人であった時代、内職で習い覚えた竹細工の腕がかようにも重宝《ちょうほう》されるとは、小籐次は、

（なにが福をもたらすか、不思議なものよ）

と酔いの頭で感慨に耽《ふけ》っていると、舟溜りの石垣下に舳先がぶつかって着いた。

舫い綱を杭に巻き付け、道具を、

「よいしょ」

と石垣の上に運び上げようとすると、

「赤目様、遅かったな」

という勝五郎の声がして、道具を入れた桶が抱え上げられた。

「勝五郎さん、今晩も夜鍋仕事かな」

「いや、最前終わったところだ。新しく改鋳された二分金がさ、粗悪で評判が悪いとかどうとかいう読売だ。彫っていてもちっとも面白くもねえや」

「後藤家と幕府が利鞘《りざや》を稼ごうという改鋳じゃ。評判が悪いのは最初から決まっていたことだ」

「城中の人が頭を捻った考えだ。ツケはわっしら下々《しもじも》の人間が引き受けるというつもの手よ」

と応じた勝五郎が、

「どこぞで飲んでいたかえ」

と訊いた。

長屋の敷地に這い上がった小籐次は、

「水戸様の屋敷で行灯作りをお見せして、その後、酒が出た。久しぶりの大酒に酔いが回った」

「水戸様で酒を御馳《ごち》走になったとは豪儀だぜ。さすがは酔いどれ小籐次だ」

「なんの、久慈屋の供じゃ。船の揺れもあって、帰りはよう覚えておらぬ」

「なにっ、居眠りしながら大川を下ってきたかえ」

「久慈屋の荷船で戻ってきた。小舟には芝口橋からじゃ」

と答える小籐次に勝五郎が頷き、

「長屋では小さな騒ぎがあったぜ」

と声を潜めた。

小籐次が勝五郎を見た。

「お夕ちゃんと遊んでいたはずの新兵衛さんが木戸口から急に姿を消してさ、長屋じゅうの住人が出て探し歩いたんだ。世の中逆様だぜ。孫がいなくなったわけじゃねえ、爺様がいなくなったんだ」

「それはまた大騒ぎであったな」

過日、新兵衛は品川の浜までふらふらと遠出して大騒ぎになったことがあった。それが切っ掛けで、娘のお麻一家が新兵衛の許へ引っ越してきたのだ。

「一刻（二時間）余りこの界隈を探し歩いたんだが、姿は見えねえや。お麻さんも亭主もよ、必死の形相で町内を走り回ったと思いねえな」

「見付かったか」

「見付かった。だがなんと、町屋ではなくて堀向こうの豊後中津藩の門前で、門番に六尺棒でど突かれているところをおれが偶々《たまたま》見つけたんだ。新兵衛さん、なにを勘違いしたか、奥平様の上屋敷の門を入り込んでいこうとしたらしい。それを止めようとした門番に殴《なぐ》られたんだ」

「怪我はなかったか」

「まあ、相手も様子がおかしいってんで手加減したんだろう。腕が青あざになったくらいで済んだ。おれが事情を話したものだから、門番もやはり惚け人であったかと直ぐに許してくれたんだ」

「お麻さんもほっとしたであろうな」

「お夕ちゃんが子供心によ、私が爺ちゃんの面倒をよく見てなかったから爺ちゃんがどこかへ行ったと泣き続けてよ、可哀想だったぜ。ありゃあ、お夕ちゃんのせいじゃあねえよ」

「これからは長屋じゅうで気をつけねばならぬな」

「そういうこった」

小籐次は勝五郎から道具を入れた桶を受け取り、勝五郎が開けてくれた部屋に入った。

「ゆっくり休みなせえ」

「勝五郎さんもな」

上がり框に桶を置き、次直を腰から抜いて、手探りで火打石を見つけ、なんとか苦労して行灯に灯りを点した。すると、狭い板の間に半紙を四つ切りにした紙が広げてあるのが見えた。だれか文を置いていったか。

小籐次は酔眼を凝らして紙の文字を読んだ。

「赤目小籐次殿

近々お手前の命貰い受けに参上仕り候

信抜流《しんばつ》佃埜《つくだの》一円入道定道」

と達筆の文字で、立ち合いを告げる文が残されていた。

だが、小籐次には信抜流の佃埜一円入道なる人物に心当たりはなかった。なかったが、豊後森藩を離れて以来の暮らしから恨みを買う覚えは多々あった。

「なんと面倒な」

と呟くと、小籐次は水瓶に柄杓《ひしやく》を突っ込み、ごくごくと喉を鳴らして三杯ほど飲み干した。

信抜流は奥山左衛門大夫忠信が創始したとき、心抜流と称した。だが、三代目の永山大学氏次は心を信に変えて、

「信抜流」

と称した。剣技のほかに居合い、杖《じょう》を得意とする流儀だ。

酔いの気だるさの中でそんな知識を思い浮かべた小籐次は、厠に行こうかどうしようか迷った末に草履を脱ぎ捨て、部屋の隅に丸めてあった夜具を引き出すと、倒れ込むように眠りに就いた。


翌朝、目覚めた小籐次の気配に隣りから壁が叩かれて、

「起きたんならよ、朝湯に行かねえか」

と勝五郎に誘われた。

「よいな」

小籐次は昨夜眠り込んだままの姿に手拭を手にし、土間に積んであった竹棒から四尺余の長さのものを摑むと腰高障子を開けた。すると、今日も白い光が新兵衛長屋に落ちていた。

厠に行き、壁に竹棒を立てかけて長々と小便をした。

振り向くと勝五郎はすでに木戸口にいて、新兵衛とお夕が遊ぶのを見下ろしていた。

刻限は光の具合から五つ（午前八時）を過ぎたあたりか。長屋の男衆はすでに仕事に出ていた。

竹棒を杖のようについて木戸口に行った。

「新兵衛どの、お早うござる」

「これはこれは、どちら様か知らないが、朝早くから精が出ますな」

新兵衛が鷹揚に答えて、お夕との遊びに戻っていった。地面に判然としない文字が書いてある。

「お夕ちゃんはどうだな」

「おっ母さんは元気がないの」

「色々と気苦労があるでな」

「中津藩に詫びに行っているそうだ」

と勝五郎が言い足した。

「お麻さんもお夕ちゃんも心労じゃな」

小籐次はだれにともなく言い残すと、勝五郎と肩を並べて加賀湯に向った。

番台には亭主が上がっていた。

「おや、赤目様。足でもくじかれたか」

無腰に竹棒を手にした小籐次に聞いた。

「そうではない。過日のように湯船で襲われて、他の客に怪我をさせてもならぬ。済まぬが、竹棒を石榴口の中に持ち込ませてくれぬか」

「ほう、知恵を絞りなすったねえ。湯船に刀は持ち込めないものな」

と答えた亭主が、

「竹棒なら構いませんや、手近に立てておきなせえ。帰りには番台で預かろうか、一々持ち帰るのは面倒だからな」

と許してくれた。

「赤目様も大変だねえ。毎日、だれかに命を狙われて過ごさねばならねえなんてよ」

「自業自得とは承知していても、ちと五月蠅《うるさ》いな」

脱衣場に上がった小籐次はつい見回した。だが、町内の隠居が二人いるくらいで、怪しい者はいなかった。

洗い場から石榴口を潜って竹棒を持ち込んだ小籐次は湯船に立てかけて、湯に浸かった。

ふうっ
湯に首まで浸かっていると毛穴が開き、体内に残った酒気が滲み出してくるようだ。小籐次は普段より長湯をして洗い場で水を被り、さっぱりした。

「仕事は休みかえ」

勝五郎がこの日の予定を訊いた。

「勝五郎さんを見習い、長屋で仕事をしようかと思うておる」

「赤目様の暮らしはいいな。おれも、時に読売屋が持ち込む版下なんぞはさらりと忘れてよ、どこかへ出かけたいぜ」

「家族と一緒に過ごせる居職がなんぼかいいか」

「かかあの面《つら》も見飽きたぜ」

男ふたり、他愛もない話をしながら石榴口に入って再び湯船に浸かり、さらに長湯をした。

「まるで女の長湯だねえ、ふやけたぜ」

「偶には命の洗濯もよいものじゃ」

番台に竹棒を預け、新兵衛長屋に戻った。すると木戸口で、戻ってきた様子のお麻に会った。

「昨日は大変であったな」

「勝五郎さんを始め、長屋の方々に迷惑をかけました」

「中津藩ではなにか言いなさったか」

勝五郎が訊いた。

「いえ、惚けた父親と同居では大変じゃのうと同情されまして、それがかえって辛《つら》く感じられました」

とお麻が薄く笑った。

小籐次は段々お麻から笑みが消えるようで、それが気になった。

「お麻さん、なんでもな、一人で気張るでないぞ。亭主どのがおられるし、長屋にはわれらがおる。相談ごとならば久慈屋に持ちかければよいことだ。相身互《あいみたが》いが世の中の定めじゃからなあ」

「はい」

と頷くお麻の顔には暗い翳《かげ》が漂った。

部屋に戻った小籐次は、久慈屋から分けてもらった障子紙を格子窓に張った。

刃の研ぎ具合を見るために光加減を調節したのだ。

そうしておいて購った砥石の面の傷を丹念に補修し、砥面を滑《なめ》らかにすることにした。根気のいる作業だった。

刀研ぎは、

「道具造り」

から始まると、亡くなった父親に教え込まれた。刀研ぎ師はそれぞれ独特の道具を創意して刀を研ぐ、そのために砥石の形も自在で、それを研ぎ師が工夫するのだ。

小籐次はそんな言葉を思い出しながら、幾種類もの砥石の面を整えた。

いつの間にか、格子に張った障子紙に当たる光は夕暮れのものになっていた。

「御免下さいな」

と声がかかり、戸口に影が立った。

久慈屋の大番頭の観右衛門だ。

「本日は長屋で仕事ですかな」

「昨日が昨日ゆえな、孫六兼元の研ぎの仕度をして過ごした。用事なれば、小僧どのを使いに寄越してくれれば、それがしが訪ねたものを」

「と思いましたがな、新兵衛さんの話も耳に入ったで、様子を見がてら伺いました」

小籐次は頷いた。

観右衛門が狭い上がり框に腰を下ろし、

「新兵衛さんより、お麻さんの思い詰めた表情が気になりました」

と小籐次と同じことを感じたらしく言った。

「まあ、周りが気にかけて、この暮らしに慣れていくしか方策はあるまい」

「仰るとおりです」

といつもの問答を互いに繰り返し、観右衛門が改めて、

「昨日はご苦労にございました」

と言うと、

「早速、水戸藩から使いがお出でな、赤目様の水戸行きの日程を決めてくれとの矢の催促です。いえね、昨晩のうちに赤目様が作られた八組のほの明かり久慈行灯は上屋敷に運ばれ、本日の昼前に斉脩様がご覧になったそうです。それで斉脩様からも江戸屋敷、水戸ともに即刻、行灯の製作と販売の下準備にかかれとの命が下ったそうで、お使いが店に見えられたのですよ」

と用件を述べた。

「昨日の今日ではな」

小籐次が苦笑いした。

「そこで、今度は久慈屋のお願いです。水戸様がそうせっつかれるのであれば、高尾行きを早く済ませねばなりません。旦那様とも相談し、急ぎ荷を揃えたうえで二、三日内に甲州道中に大八車を押し出そうということになりました。そこで赤目様のご都合を伺いにな、参ったのですよ」

「それがしなれば、いつなりとも同道でき申す」

「ならば、数日内に出立ということで願いますか。荷を運んでの道中、行きに二日、山で一日、帰りに二日の都合五日を予定しております」

頷いた小籐次は聞いた。

「昌右衛門どのが参られますか、それとも観右衛門どのですかな」

「旦那様は去年、高尾山薬王院に行ったので、今年は私の番と申されました。よしなにお願い申します」

「それは楽しみな」

頷いた観右衛門が立ち上がった。

三

旅仕度の赤目小籐次が芝口橋から見ると、久慈屋の店の前に大八車が七、八台止まり、荷を積んでいた。小籐次が想像していた以上の荷の量だ。

「お早うござる」

手甲脚絆《てっこうきゃはん》に裾を絡げ、羽織を着た観右衛門の腰には道中差があった。

小籐次の視線に気付いた観右衛門が、

「赤目様が同道なされるのです。年寄りに道中差など要るまいと思いましたが、旅の間になにが起こるとも知れませんで携帯することにしました」

と言い、

「赤目様は背にも刀を負っておいでですか」

と反対に訊き返した。

小籐次は孫六兼元の拵えを外し、白木の鞘と柄に移し替えて布で包み、背に負って携えることにした。

「新義真言宗智山《ちざん》派の薬王院有喜寺のある高尾山には、修行僧らが巡拝する滝があると聞き及びました。それがし、孫六兼元の研ぎを施すにあたり、霊山の清水で刃を清めて作業に取り掛かろうかと考えましてな」

「それはよいことに気付かれた。それにしても勇ましい恰好にございますな。私の道中差は余計でしたかな」

小籐次は五尺少々の矮軀である。腰に両刀を手挟《たばさ》んだうえに、背に斜めに孫六兼元を担いでいた。他人からは滑稽に見えるやも知れぬなと小籐次は内心、苦笑した。が、顔を引き締め、言った。

「なんにしても用心に越したことはござらぬ」

二人が会話する間に、大八車に次々と菰包みの荷が詰まれ、油紙で覆われ、縄で結ばれていった。

「大八は何台にございますか」

「十台にございますよ。八台にお納めする品を積み、二台は予備にございますれば、諸々のものを積んでございます。赤目様、なんなりとお載せ下さい」

大八車は代八車とも書いた。八人分のかわりになるという意であった。

江戸では寛文年間（一六六一～七三）に大八車が現れたという。

明暦の大火（一六五七）以後、非常時の家財持ち出し用に開発されたが、道路の未整備もあってなかなか普及しなかった。

その後、車輪に輻《や》を用いた大八車は改良を重ねられ、江戸府内ならば一人引きでも引き動かせるまでになっていた。

此度の久慈屋の高尾山御用は紙を満載しての道中だ。一台の大八車に三人の車力が従い、予備の大八車を加えると、車力だけでも三十人の大勢になった。

大八車には、

「高尾山薬王院御用　江戸出雲町久慈屋」

の立て札が立てられ、荷積みが終わった。

久慈屋の道中の長は大番頭の観右衛門、筆頭手代の東次郎、それに若い手代の浩介、さらに使い走りに小僧の国三の四人が同道し、小籐次が後見役で従った。

「忘れ物はございませぬか」

二人の手代が大八車の前後に分れて、最後の荷の点検を済ませ、観右衛門に、

「お納めする品に積み残しはございません」

と報告するところに、旦那の昌右衛門が奥から姿を見せた。

「皆の衆、ご苦労にございますな。くれぐれも道中、事故などないように気を付けて行きなされ」

「旦那様の代役、精々勤めて参ります」

と観右衛門が一同を代表して答えた。

「大番頭さん、お願いしましたよ」

と老練な奉公人に言った昌右衛門が、

「赤目様が同行なさるでな、安心しております」

と笑いかけた。

「遺漏なきよう勤めます」

小籐次は答え、手にしていた破れ笠を被って紐を締めた。縁には竹とんぼが差し込まれていた。

「出立しますぞ」

浩介の声に大八車が一斉に動き出し、奉公人たちが、

「道中、無事をお祈りしてますよ」

と送り出した。

芝口橋を渡った車列は御堀端を西に、赤坂溜池《ためいけ》へと向う。

七つ半(午前五時)の刻限で東海道を外れると、まだ人の往来は少なかった。

そんな町をがらがらと車輪の音を響かせて進んだ。

最初の難関は御堀端の葵坂から葵坂通り、榎《えのき》坂だ。

一台の大八車の前に一人、後ろに二人の車力たちが力を合わせて、

「よいせ、よいせ」

と押し上げ、急坂の箇所では浩介らも力を貸した。

最後に紀伊中将の向屋敷の北側の紀伊国《きのくに》坂に差しかかったとき、朝の光が車列を照らし付けた。

ふうっ

と車力を率いる権《ごん》ノ助《すけ》親方が手拭で汗を拭った。

力自慢の車力たちを率いるだけに、六尺豊かな巨体には筋肉が盛り上がって実に頼もしい偉丈夫だ。

「親方、まずは最初の難所を乗り切ったねえ。内藤新宿まで一気に行き、朝餉にしましょうかな」

観右衛門が権ノ助に言った。

「大番頭さん、天気もいいや。なんとしても府中宿には今日の内に辿《たど》り着きたいね」

「欲を言えば、日野の渡しを越えたいところだが、そう甘くはございますまい」

観右衛門はそう言うと、小僧の国三を呼び、訊いた。

「国三、おまえさんは内藤新宿の追分子安稲荷の隣りにある明神屋を承知かえ」

「大番頭さん、追分は分りますが、子安稲荷も明神屋も知りません」

「追分を承知なら直ぐに分ります。朝餉昼餉をとる旅籠には前もって文で知らせてあります。今朝の朝餉は明神屋です。久慈屋一行が直ぐに着きますからと念を押しておきなされ」

へえっ、と返事した国三は直ぐさま駆け出そうとして、

「大番頭さん、明神屋に告げたら引き返して参りますか」

「その必要はありませぬ。行き違いになるよりは、おまえさんは先におまんまを食べていなされ」

「だって、皆が来ないうちに食べられませんよ」

「おまえさんには昼餉の高井戸宿へと先行させるかも知れません。そのために皆より早飯をするのです」

「なんだ、御用か」

国三が身軽に紀伊国坂上から走り出した。

「大番頭さん、小僧の時代が一番いいな。皆よりちょいと早く飯が食べられるこ

とが嬉しいんだ」

　と権ノ助が言った。

「御用旅を物見遊山《ものみゆさん》の旅と勘違いしておりますからな」

　と笑った観右衛門が、

「親方、赤目様は初めてだったかねえ」

　と小籐次を引き合わせた。

「最前からさ、このお方が四家を相手に獅子奮迅の戦いをなされた酔いどれ小籐次様かと拝見しているんだがねえ。大番頭さん、ほんとうに赤目様かえ」

「なりが小さいとお思いか」

「正直そう思ってまさあ。この年寄りが小金井橋で十三人斬りをしのけたと、だれが信じますかえ」

「まあ、その疑いは早晩引っ込めることになりますよ」

「おれのさ、半分もねえがねえ」

「親方の前ですが、力だけでは剣術の達人にはなれませんぞ」

「楽しみにしておこう」

　と未だ半信半疑の体の権ノ助が言い、

「野郎ども、かじ棒を上げろい！」

と出立の仕度を命じた。

内藤新宿追分にある明神屋は、甲州道中と青梅街道の分岐に店を構えることもあって、江戸を出た旅人が朝飼を食する旅籠を兼ねた飯屋として知られていた。

国三が知らせたこともあって、明神屋では三十数人の朝餉の仕度を終えて待っていた。

鰯《いわし》の焼き物にひじきと油揚げの煮付け、大根の千切りが具の味噌汁で、車力たちは丼飯を掻き込んだ。大きく追分を見渡せる店先で、車力たちが丼飯を食べる光景は壮観だ。

観右衛門と小籐次らは車力の食いっぷりに圧倒されながらも、熱々の味噌汁を啜り込んだ。

「甲府《こうふ》勤番《きんばん》御用の者である。ただ今、主一行が到着致すで大八車をどけ、下郎どもを早々に追い出せ」

と店の前で二人の武士が明神屋の番頭に掛け合う声がした。

「お侍様、こちらは御予約の方々でしてな。今しばらくお時間をお貸し下さいませ」

「われら、御用旅と申したぞ。即刻、下郎どもを立ち退《の》かせよ」

侍は横柄《おうへい》にも言い募った。

そこへ長柄の槍を若党に持たせた甲府勤番の一行が到着した。主は駕籠での道中と見えて、明神屋の表に着けられた。

「番頭、早々に大八をどけぬか！」

甲府勤番支配は四、五千石高の旗本の役職だ。小普請組支配から選ばれるが、むろんこの一行は甲府勤番支配ではない。

甲府勤番支配の下に勤番支配組頭と呼ばれる二百俵高、御役料三百俵、御手当二十人扶持の者が四名いた。下に勤番士が二百人いる。それだけに威張っていた。待遇は悪くはないが、甲府勤番は俗に、

「山流し」

と呼ばれ、旗本御家人の中でも江戸での首尾がよくない者が選ばれた。どうやらこの一行も、その勤番支配組頭のようだ。

「お武家様、先客様がございます。しばらくお待ち下さいませ」

と明神屋の番頭が必死で願った。

「ならぬ。甲府勤番支配組頭早乙女陣五郎様、御用にて先を急ぐ道中である。直ぐに朝餉を食したい。酒も存分に用意せよ」

先を急ぐという一行は朝から酒を飲む気のようだ。

「明神屋の番頭さん、私どもは早々に出立しますでな。少々お待ち下され」

と観右衛門が早乙女の一行にも聞こえるように言った。

「久慈屋とは紙問屋か」

先導の武家が、大八車に立てられた木札を見て言った。

「はい、いかにもさようにございます。私は番頭にございます」

「番頭、先ほどからわれらの話は耳に入っていよう。なぜ早々に立ち退かぬ」

「力仕事の者たちにございます。朝餉はちゃんと食べさせとうございます。しばらく猶予《ゆうよ》を下さいませ」

と観右衛門が立ち上がり、明神屋の番頭と一緒に頭を下げた。

「ならぬ、即刻立ち退け」

という武士の言葉に、駕籠の引戸が中から引き開けられた。

「風見、なにをぐずぐずしておる。行きとうもない山流しの御用に参る道中、最初の宿からもたもたしたのでは、いよいよ不快じゃぞ」

「はっ、はい」

「履物を持て」

駕籠から早乙女陣五郎がゆらりと出た。すると、辺りに酒の匂いが漂った。

「久慈屋の番頭、どかぬなら、この陣五郎が自慢の槍で大八車を突き転がすぞ」

と観右衛門を睨んだ早乙女が、槍を持て！　と若党に命じた。

「早乙女様、内藤新宿はご府内にございます。あまり乱暴狼藉なさると、ご身分にも差し障ります」

「そなた、旗本早乙女陣五郎に訓戒を致す気か」

「いえ、そのような考えは毛頭ございませぬ」

長柄の槍が差し出され、早乙女がふらつく腰で柄を摑むと、

「鞘を外せ」

と若党に命じた。さすがに用人が、

「殿」

と注意した。

内藤新宿の追分には往来する旅人が大勢いて、騒ぎに気付き、足を止める者もいた。

「番頭め、目障りじゃあ」

自分で槍の穂先の鞘を払い落とした早乙女陣五郎が穂先をわざと扱いて煌《きら》めかせ、観右衛門へと回した。

小籐次が立ったのはそのときだ。

「座興はほどほどになされ」

「何奴か、爺」

「名を知ればそなたが困ろう。われらも出立致すで静まりなされ」

「なに、そなたの名を知れば、この早乙女陣五郎が困ると申すか」

「いかにも」

と答えた小籐次が、

「先の甲府勤番支配長倉実高どのがどのような末路を辿られたか、そなたも知らぬわけではあるまい」

「なにっ、そのほうは長倉様が身は切腹、お家改易になった曰くに関わりあると申すか」

長倉実高は甲府近郊に密かに遊里を作って私腹を肥やしていた。その探索に入った老中青山下野守忠裕《しもつけのかみただやす》の女密偵おしんに協力して、長倉実高を捕らえ、御目付に引き渡したのは小籐次だ。

三奉行に大目付、御目付五手が評定所に集まる閣老直裁判で、長倉実高の切腹と長尾家の改易が決まり、すでに処断されていた。

だが、その事実を知るものはそう多くはない。

早乙女陣五郎は、

(なぜこやつが承知か)

と訝った。そして、
はた
と気付いた。

「まさかそなた、赤目小籐次ではあるまいな」

その名に辺りが騒然となった。

「あの爺様侍が、江戸で名高き酔いどれ小籐次だとよ」

「ちっこいねえ。それに田楽のようにさ、小さな体に何本も刀を差してござるよ」

と言い合った。

「そなた、わが名を承知か」

早乙女陣五郎は江戸を離れる名残りに徹宵《てつしょう》して飲んだ酒が体内に残っていた。それが大胆にさせていた。

「酔いどれ小籐次、覚悟せえ。早乙女陣五郎が長倉様の仇をとって遣わす」

槍を構えた早乙女は悠然と扱いた。

「観右衛門どの、明神屋の番頭さん、怪我をしてもつまらぬ。下がっておいでなされ」

二人の番頭を店の奥にやった小籐次は破れ笠の縁から竹とんぼを抜いた。

「爺様、なにをやる気だ」

「まさか酔いどれ小籐次、竹とんぼで槍と戦おうというわけではあるまい」

見物たちが言い合った。

「いかがした、酔いどれ小籐次！」

早乙女陣五郎が槍を手元に引き付け、小籐次の胸に、
ぴたり
と穂先の狙いをつけた。

「おのれ！」

そのとき、指先が捻られ、竹とんぼが舞い上がった。

思わずその場の全員が中空に浮かんだ竹とんぼを見た。

早乙女もちらりと竹とんぼの動きに目をやり、訝しく思ったか、小籐次に急いで視線を戻した。

だが、小籐次はひっそりと立っているだけだ。

「おのれ、下郎侍が！」

槍を突き出そうとした早乙女は、虚空から顔を目掛けて襲いくる竹とんぼの音を聞き、見た。

(なんぞ仕掛けがあるのか)

突き出そうとした槍が止まった。

その直後、早乙女の前に影が走り寄った。気配もなく小籐次の矮軀が槍の柄の横を走って内懐に入り込んでいた。

「おおっ！」

早乙女が慌てて間合いを取るべく後退しようとした。

その瞬間、小籐次の顔が近寄り、鞘ごと引き抜いた次直の柄頭が早乙女の鳩尾に突っ込まれ、早乙女は強烈な打撃に両足を宙に浮かせ、手から槍を離すと背中から路面に叩きつけられて失神した。

槍がそのかたわらに転がり、
からから
と音を立てた。
どおっ！
というどよめきが内藤新宿追分に沸き起こった。

四

内藤新宿を出た久慈屋の大八車の一行は下高井戸宿、布田《ふだ》五宿を経て、武蔵国総社の六所大明神の府中番場宿、島田屋に到着したのは七つ（午後四時）時分だった。

途中、大八車の車軸が折れたり、荷崩れを直したりしながらの道中で時間をとられた。

「久慈屋の大番頭さん、ようこそお出でなさりましたな」

「島田屋さん、今年もまた世話になります」

「いつものように大八ごと裏庭へ回して、納屋に入れて下さいな。大事な品が夜露に当たってもいけませぬ」

車力の親方の権ノ助と浩介らが、大八車を島田屋の裏にある大きな納屋に引っ張り込んでいった。

毎年の御用だ。島田屋の対応も久慈屋の連中も慣れたものだった。

島田屋の表口には観右衛門と小籐次だけが残り、島田屋の番頭が、

「今、濯ぎ水を持ってこさせますでな」

と奥へ引っ込んだ。

「府中宿までなんとか辿り着けました。明日は日野の渡しと高尾山の登りが控えております」

「日野の渡しでは明け六つ（午前六時）を待たれるのですかな」

五街道を始めとする渡し場は、刻限が明け六つから暮れ六つ（午後六時）、と決まっていた。

「いえね、高尾山御用です。道中奉行に前もって許しを得ておりましてな、明け六つ前に船を揃えて一気に荷渡しを致します。この日和《ひより》なれば増水もございますまい」

と観右衛門はほっとした様子だ。

「観右衛門どの、内藤新宿での騒ぎだが、後を引くとは考えられぬか」

「甲府勤番支配下の早乙女陣五郎様のご一行ですか。赤目様にこっぴどくやられましたからな、仕返しする元気がございますかな」

「いや、満座の中での騒ぎゆえな、遺恨に感じて仲間など集めて襲わぬともかぎらぬ」

「そこまでは思いませんでした。どうしたもので、赤目様」

観右衛門が急に不安の顔で小籐次に訊いた。

「用心に越したことはござらぬ」

小籐次と観右衛門は額を寄せて、知恵を絞り合った。

その結果、観右衛門からの金子を持たされた浩介が、その足で日野の渡し場の、水主《かこ》と呼ばれる親方船頭の家へと使いに立った。

浩介が戻ってきたのは夕餉前のことだ。

「大番頭さん、船はいつでも荷積みができるように渡し場に用意してもらいました」

「酒手《さかて》が利きましたか」

と小籐次が観右衛門に言うと、

「まずは一安心。今日はな、早々に休んで明日の川渡しに備えますぞ」

大広間に三十幾つもの膳が並び、酒も供された様子はなかなか見物だった。小籐次は一滴も口にすることなく早々に飯を命じた。

「おや、酔いどれ小籐次様ともあろう方が酒を飲まれないので」

車力の親方権ノ助が訊いた。

「今宵はちと考えることがあってな。酒は遠慮致す」

「内藤新宿では思い掛けなくも御鑓拝借の腕前を見せてもらいました。確かに大番頭さんの申されるとおり、体格《なり》じゃあねえな。小籐次様がふわりと動いてよ、鑓の穂先を躱し、内懐に入るやいなや、刀をさ、鞘ごと滑らせて相手の鳩尾に柄頭を突っ込まれた早業には驚いたのなんのって」

すでに酔いの回ったふうの親方がしきりに感心した。

「二日酔い相手の座興だ。なにほどのことがあろうか」

夕餉を早々に終えた小籐次は部屋に引き取り、床に就いた。

だが、夜半九つ（午前零時）の時鐘が六所大明神の鐘撞堂から響いてくると、小籐次はむっくりと起きた。すると、隣りに床を並べていた観右衛門が、

「ご苦労にございますな」

「なあに、これがそれがしの役目じゃ」

「時間潰しに、徳利に酒を詰めてございます」

「御用に差し障ってもいかぬ」

「酔いどれ小籐次様にはほんのお口汚しですよ」

「ならば遠慮のう頂戴していこう」

車力が競い合うようにかく鼾が、座敷のあちこちから響いてきた。

旅仕度を素早く整え終えた小籐次は懐に茶碗を入れ、貧乏徳利を下げると、島田屋の座敷を出て、裏の戸口へ回った。

それから一刻余り、島田屋には高鼾の競演が続いていた。

八つ(午前二時)の刻限、島田屋の裏庭に数人の影が忍び寄ってきた。

小籐次は茶碗酒をちびちびと飲みながら時の過ぎるのを待っていたが、

(なんとまあ、出おったわ)

と呆れた。

見張りに就いたものの、まさかほんとうに出るとは考えもしていなかった小籐次だった。万が一を思っての行動が役に立とうとしていた。

小籐次は茶碗に残った酒を口に含み、次直の柄を湿らすように吹き掛けた。

影は裏庭をうろつくと納屋に運び込まれた大八車を確かめ、一旦外へと姿を消した。

小籐次は破れ笠を被ると、次直を手に立ち上がり、腰に落とした。

空の茶碗を手に持っていた。

再び裏木戸に人影が現れた。今度は先ほどに倍する人数で、中には火縄を持参するものもいた。

（なんということを。高尾山に納める紙を焼こうというのか）

大量の紙が燃えれば、府中宿じゅうに燃え広がる恐れもあった。

甲府勤番を命じられたことが不満だとはいえ、直参旗本のとる行動ではなかった。

小籐次は納屋の戸口に立った。

「油を撒いて火をつけよ」

その声は早乙女陣五郎ではないか。

「早乙女氏、酔いどれ小籐次はおらぬのか」

「われらが江戸から駆け付けた意味がないではないか」

剣術仲間か、江戸から急ぎ呼ばれたふうの武士が早乙女に言った。

「火を見れば爺侍も目を覚ましますわ。そのとき、存分に暴れなされ」

「府中くんだりまで呼び出されたのだ。酒手は十分に頂きますぞ」

と穏やかならぬ会話が密やかに交わされ、

「さっ、早くせぬか」

と早乙女の命が若党に発せられた。

火縄を持った若党らが納屋に忍び込もうとした鼻先に、
にゅうっ
小籐次の矮軀が立ち塞がった。

「ふえっ！」

「何奴か！」

腰が引けた若党らが火種を振り回して、小籐次を牽制した。

「そなたらが探す赤目小籐次よ。いくら山流しを毛嫌いするとはいえ、甲府勤番の御用に向う直参旗本が宿場で火盗の真似とは許せぬ。このまま引き下がれば忘れようか」

「下郎め、江戸で持て囃《はや》されて、ちと増長しくさったな！」

江戸から呼び集めた悪仲間の頭分が道中羽織を脱ぎ捨て、剣を抜いた。

その傍らの仲間たちも小籐次を半円に囲んで、抜き放った剣を思い思いに構えた。

早乙女は槍持ちを呼び、朱塗りの長槍を手にした。内藤新宿の路上に転がった槍だ。

「恥の上塗りを致す所存か」

「追分ではちと酒が残っており、不覚をとった。加賀藩に伝承の滝流槍術の技にて、酔いどれ小籐次を田楽刺しにしてくれん」

巨漢の早乙女陣五郎が、
りゅうりりゅう
と長柄の朱槍を扱く様は、確かに内藤新宿で腰をふらつかせていた二日酔いとは別人のようであった。

「仲間を集めて威勢をつけたか」

小籐次の呟きに、最初に剣を抜いた仲間が、

「早乙女氏、そなたの滝流槍術、出る幕がござらぬ。この高村角兵衛が仕留める！」

頭分の高村は剣を立てた。

「酔いどれ小籐次の首《しるし》を上げて江戸に凱旋《がいせん》致す所存である。皆の衆、お先に御免！」

と言い放つと、

するする

と小籐次目掛けて突進してきた。

間合い二間と近付いたとき、だらりと下げられていた小籐次の手が上がり、

発止《はっし》！

と酒の香漂う茶碗が投げられた。それが突進してくる高村の眉間にものの見事に当たって砕け散り、高村の体が一瞬、硬直したように棒立ちになった。

小籐次の矮軀が走った。

棒立ちの高村の脇腹を抜き放たれた次直が襲い、次の瞬間には小籐次の体は右斜めに走って後詰の仲間へと猛進していた。

「こやつ、思いの外に機敏だぜ！」

「囲め、囲んで押し潰せ！」

「爺侍一人、何事かあらん！」

口々に叫びつつも、高村が倒された早業にじりじりと後退していた。だが、だ

れ一人として後退していることに気付いている者はいなかった。
小籐次は足を止め、視線を巡《めぐ》らした。
その先に朱塗りの槍を扱く早乙女陣五郎がいた。
「ものの役に立たぬ朋輩《ほうばい》かな」
嘆息した早乙女が槍の穂先を小籐次に向って突き出し、手繰った。その迅速な業前は内藤新宿の隙だらけの槍捌きとは別ものであった。
「ほう、滝流槍術。なかなかのものじゃな」
賞賛の言葉を投げると、小籐次は両足を蟹《かに》のように大きく左右に広げた奇妙な構えに変え、次直を、
だらり
と片手に下げた。
「来島水軍流荒波崩し」
その呟きの後、小籐次の矮軀が前後左右にゆらゆらと揺れ動いた。体ばかりか、小籐次の頭も風に揺れる木の葉のように、
ふわふわ
と舞い動いた。

「そのような児戯にて早乙女陣五郎の三段突きが躱せると思うてか」

早乙女が間合いを取るように、

びゅっ

と突き出し、

すいっ

と手繰っていた槍の穂先を揺れ動く小籐次の異相に向って、

「喰らえ！」

と叫びつつ突き出した。すると小籐次の顔が、

ひょいっ

と揺れて穂先を寸毫《すんごう》の間合いで避けた。

「おのれ！」

迅速に手元に手繰った早乙女が二撃目を繰り出した。が、今度もまた、

ひょいっ

と顔が流れて間合いをわずかに外された。

まるで酔っ払いの動きのようで摑みどころがない。

早乙女は三度槍を揺い込んで狙いをしっかりと定めた。前後左右に揺れ動く頭

には一定の律動があるように早乙女陣五郎には感じられた。

頭が後ろに反らされる間合いを計るのだ。

早乙女は穂先を小刻みに繰り出し、その間を待った。

蟹のような横歩きと体の揺れは滑稽《こっけい》そのもので、それが滑稽なだけに早乙女陣五郎には愚弄《ぐろう》されているように思えた。

(今度こそ……)

小籐次の頭が前に流れ、後ろへと反り返ろうとした瞬間、

「ええいっ！」

と腹の底からの気合いを発した早乙女が槍を繰り出した。穂先が、
するする
と伸びて、その先に小籐次の頭が夜空を向いて止まった。

(仕留めたり！)

喉元から脳天へと田楽刺しとばかりに突き出す槍先で奇妙なことが起こった。

小籐次の体がそのまま後ろ反りに倒れ沈んで穂先を躱し、広げられた両足が宙に浮くと朱塗りの柄に絡まった。さらに片手が槍の柄を摑んだ。

「な、なんと」

と驚きつつも早乙女は槍を手繰り寄せようとした。

朱塗りの長柄に小籐次が木の枝にぶら下がる猿のように止まり、早乙女の許へ

と引き寄せられた。

早乙女は槍から小籐次を振り落とそうとした。

その瞬間、柄にぶら下がった小籐次の体が、

くるり

と半転して、片手の剣が、

すいっ

と流れ、早乙女陣五郎の下腹部を撫で斬った。

げえぇっ

と叫ぶ早乙女の体が、

とっととと

と後退した。

小籐次の矮軀が、

ひょいっ

と柄から飛び降りて、立った。

その直後、尻餅をつくように早乙女の巨体が倒れ込んだ。

島田屋の裏庭の襲撃者たちは眼前に展開された戦いと結果に茫然自失していた。

「お手前方、まだ戦いを所望《しょもう》か」

小籐次が眼光鋭く早乙女の仲間と家来らを睨んだ。

だれからも反応はない。

五体が震え、恐怖に見舞われていた。

(なんという化け物か)

そんな思いに駆られていた。

「怪我人二人を連れて立ち去りなされ。これ以上、付きまとわねば、此度の醜態忘れて遣わす」

小籐次の宣告に家来たちが慌てて主と高村の体に飛びつき、島田屋の裏庭から運び出していった。

小籐次は血振りをすると次直を鞘に納めた。すると、島田屋の裏口から観右衛門らがぞろぞろと出てきて、

「いやはや酔いどれ小籐次様の業前には驚かされるばかりにございますよ。今の奇妙な技はなんでございますな」

と聞いた。

「ご覧になっておられたか」

「もはや出立の刻限にございますよ」

いつの間にか七つ（午前四時）の刻限が近付いていていた。

「来島水軍流の技に荒波をものともせず戦う法なるものがあってな、波に合わせて体を揺らさば視点常に平らなりという教えがござる。それを思い出したで使うてみた」

「槍の柄に野猿のように止まられましたな」

「あれか、ふと思いついたのよ」

「生き死にの戦いの最中に思い浮かんだ技を使われたと申されますか」

「いかにもさよう」

昵懇の付き合いをしてきたと自負していた観右衛門も返す言葉がない。

「大番頭さんよ、確かに酔いどれ小籐次様は奇想天外な剣術家だぜ。おりゃ、夢でも見ているようだ」

と車力の親方権ノ助が嘆息した。

「ともかくな、赤目様とご一緒していると肝も冷やすが、飽きることもございませんよ、親方」

「違いねえ」

「大番頭どの、日野の渡しに船頭方が待ち草臥《くたび》れておられますぞ」

小籐次がうながすと、

「いかにもさようにございました」

と答えた観右衛門が、

「浩介、東次郎、大八の荷を改めて出立致しますぞ！」

と号令をかけて、旅の二日目が始まった。

第五章　琵琶滝の研ぎ場

一

　甲州道中の第四の宿場府中と第五の宿場日野の間には日野の渡しがあった。

　秩父山系の笠取山に水源を発する多摩川上流の渡しである。下流の六郷の渡しと並び、人馬の往来、物資流通、軍事上の要衝として最重要な渡船場であった。

　松明《たいまつ》の灯りや提灯を点した一行は、府中番場宿の島田屋を出ると日野の渡し場へ粛々と向った。

　渡船は例年四月から九月末まで行われ、十月から三月の渇水期は土橋が架けられて渡し賃を徴収した。

　観右衛門は小籐次と肩を並べて歩きながら、

「赤目様は日野の渡しを渡られたことがありましょうな」

小城藩を脱藩した刺客集団能見一族十三人との小金井橋での死闘を制した小籐次は、多摩川沿いにその上流の柳沢峠を甲府へと下っていた。

「小金井橋の戦いの後、多摩川を渡ったことは確かじゃが、渡しなどには乗らず、浅瀬を徒歩で越えた記憶がござる。帰路は水が少ない時期ゆえ、土橋を渡ったと思うがな」

記憶は曖昧だった。

「仰るとおり、渡し船は四月から九月末までの増水の季節だけでしてな。渇水期は土橋が設けられますよ」

「やはりな」

「渡しは元々下流の河原にございましてな、日野宿万願寺とこちら岸の柴崎村を結んでおりましたので、万願寺の渡しと呼ばれたそうです。それが貞享元年（一六八四）に日野宿地内に移って、日野の渡しと呼ばれるようになったのですよ」

観右衛門は小僧に入った折から何度も高尾山御用を務めているだけに、道中のことは詳しかった。

「これだけの荷を渡すとなると、渡し賃もかなりのものになりましょうな」

小籐次はつい久慈屋の支払いを気にした。

「渡し場はおよそどこもそうですが、お武家様は無料にございます。その他、日野近在二十五カ村の住人も渡し賃は要りませぬ。その代わり、この二十五カ村から年々渡しの水主十四人に雑穀が支払われます。さて、渡し賃ですが、旅人は一人十文、本荷一駄十五文、軽尻馬一匹十二文の決まりはございます。ですが、大八の往来は少のうございます。そこで久慈屋と日野の渡しの水主との間に、高尾山御用ということで特別な取り決めが定められてございます。荷積みの大八一台二朱、今年は十台ゆえ一両一分にございます。そのうえ、私ども三十余人分の渡船賃に未明の渡船ということで色が付けられて、それなりの額が支払われます」

と観右衛門が説明するところに、甲州道中は多摩川の土手にぶつかり、土手に大八車を押し上げると、河原に松明が点されて、すでに水主や人足が待機していた。

一行から手代の浩介が走り出して挨拶に行った。

大八車の車列は車輪を軋《きし》ませながら河原を渡し場に下った。

観右衛門が半分眠りながら歩いていた小僧の国三を呼んで、江戸から運んできた菰被りの酒樽を担いでこさせた。

「水主どの、今年も世話になりますぞ」

「大番頭さん、数日前、山でかなりの雨が降ったで水かさが増しておるがよ。まず何事もあるめえ」

と水主の中でも年寄りが観右衛門に言い、観右衛門が、

「山で雨が降りましたか。ならば、水神様にお神酒《みき》を進ぜて鎮めて頂こうかな」

と酒樽を差し出して、年寄りが、

「これはなによりなお清めにございますな」

と受け取った。

これも例年の習わしのようだ。

小籐次は河原に用意された馬荷船二隻を見ていた。

長さ六間三尺幅九尺、馬を一度に五頭乗せることができた。

この馬荷船に大八車から下ろされた荷が手際よく積み込まれ、空になった大八車も馬荷船に立てて積まれた。

さすがに川渡しが商売の船頭と車力の権ノ助らが力を合わせるのだ。一隻の馬荷船に三台分の大八車の荷と車が乗せられ、二隻が連なって日野宿へと渡っていった。

その舳先では無事渡河を祈ってお神酒が流れに撒かれた。

馬荷船を一往復半させて大八車十台がすべて対岸の日野へと渡るのに、半刻（一時間）余りを要した。

最後の馬荷船に観右衛門と小籐次が乗った。すると、南西の空にすっきりとした富士山が姿を見せた。

「柳沢峠を越えて甲府に入った折、見た富士も見事でござったが、この日野の渡しから眺める富士も格別にござるな」

小籐次が嘆声を上げるのを観右衛門が、

「土地の方々が自慢の富士にございますよ」

と言うと立ち上がり、山に向って合掌《がっしょう》した。

小籐次たちを乗せた馬荷船が日野側の渡し場に着き、再び大八車に荷が積み直された。

刻限、すでに明け六つ（午前六時）を迎え、旅人や土地の百姓衆が渡し場に顔を見せ始めていた。

「まずは、最初の難関の川渡しを無事に終えました」

と、さすがにほっとした表情の観右衛門が小僧の国三を呼んで、日野宿の飯屋へと走らせた。

府中宿から日野宿までの道程は二里、渡し場があるゆえ、どうしても朝餉の刻限に日野宿を通過することになる。そこで久慈屋の一行は、日野宿の旅籠勝沼屋に朝餉を依頼してあった。

日野宿は府中に二里ならば八王子横山宿には一里二十七町、川留めでもないかぎり旅人は泊まることなく通過していく。それでも宿往還一里一町の真ん中《なか》の宿《しゅく》には本陣、脇本陣一軒ずつ、旅籠が二十余軒並んでいた。

信濃高遠《たかとお》藩内藤家を始め、参勤交代の行列が通過するせいだ。

勝沼屋は本陣の前に暖簾《のれん》を上げる旅籠で、日野宿では一、二を争う構えだった。前もって文で、その上国三が日野の渡しを無事に渡り終えたと知らせていたので、広間に三十余人分の朝餉の仕度がなされていた。

女衆が美味そうに湯気を上げる味噌汁の椀を配膳していた。

小籐次が見るともなく具を覗くと、豆腐に青葱を散らした味噌汁だった。

「なんとも美味そうな」

小籐次はつい洩らした。

菜は里芋、牛蒡《ごぼう》、人参をがんもどきと一緒に煮ふくめたものだ。それに青菜漬けが丼に山盛りにされて所々に置かれていた。

車力たちが箸を取ったのを見て、観右衛門が手代と小僧の三人に膳に着くように命じた。

小籐次も観右衛門と並んで膳の前に座った。すると、年増の女衆が大きな丼を抱えて、

「こちらかね」

と運んできた。

酒の香がぷーんと辺りに漂った。

「おおっ、浩介、よう気が付きましたな」

と観右衛門が手代を褒《ほ》めて、小籐次を指して、

「女衆、こちらのお武家様に差し上げて下され」

と命じた。

「ほう、この年寄り侍が朝から酒を飲むかねえ」

小籐次の前に、なみなみと酒が注がれた丼が突き出され、

「それがしだけ朝から酒とは恐縮な」

と嬉しそうな、困ったような顔をした。

「赤目様は一働きなされましたからな」

と観右衛門が言い、小籐次が、

「働いたのはそれがしだけではない。だが、お心遣い、無駄にしてもならぬゆえ頂戴致す」

と女衆から受け取ると、まず酒の香を嗅ぎ、

「地酒かのう。この野趣漂う香りがたまらぬな」

と呟くと丼に口をつけた。

丼がゆっくりと傾けられ、
きゅっきゅっ
と喉が鳴って、あっと言う間もなく酒が消えた。

「甘露にござった」

「おめえ様、なりは小さいが胃の腑は大きいと見えるね。三合はたっぷり入る丼の酒を水のように一息に飲み干されたか」

と女衆が呆然として、

「もう一杯持ってくるかね」

と聞いた。

「いや、朝酒は一杯で十分にござる」
と小籐次は味噌汁の椀と箸を膳から取り上げた。

高尾山は八王子宿の南西に位置する二千尺（約六百メートル）の、古代以来信仰のあつい霊場である。

近世に入ると、新義真言宗の山城醍醐寺《だいごじ》無量寿院《むりょうじゅいん》の法流を伝え、信濃国飯縄山《いいづなやま》から勧請した飯縄《いづな》大権現を本尊とした修験道の霊場として知られるようになる。同社別当の薬王院有喜寺とともに栄えてきたのだ。

薬王院有喜寺が行基《ぎょうき》によって開創されたのは天平十六年（七四四）のことであった。永禄三年（一五六〇）暮れには北条氏康が高尾薬師堂の修理のために武蔵国内の領地を寄進した。

久慈屋では高尾山信仰の中心としてある飯縄大権現、薬王院有喜寺などかかわりのある寺社仏閣に紙を納めていたのだ。

高尾山麓に久慈屋の一行が到着したのは昼過ぎのことだ。

登山口には若い僧侶や修験者が待機していた。久慈屋一行と一緒になって山頂の寺院まで荷を運び上げるのだ。

「寵玄坊《ちょうげんぼう》様、今年もまたこの季節が巡って参りました」

修験者の長らしき人物に観右衛門が挨拶し、

「よう参られた。まずは一服して荷揚げを始めましょうかな」

大八車で紙を運ぶのは山麓下までだ。あとは、それぞれ人力に頼ることになる。

まず大八車から荷が下ろされた。

車力たちは草鞋を取り替えて山登りに備える。

背負子《しょいこ》と杖が配られ、車力たちそれぞれの背負子に十五貫（約五十六キログラム）ほどの紙を括《くく》りつけた。中には二十貫（七十五キログラム）を積み上げる力持ちもいた。

総勢七十人の背に、十台の大八車に積まれてきた紙が分割されて負われた。

浩介も東次郎もそれぞれ背に負った。

小僧の国三も五貫を負った。

「大番頭どの、それがしもなにがしか担ごうかのう」

「赤目様、私らが荷を負うと年寄りの冷や水にございますぞ。いえ、赤目様は武芸で鍛え上げられたお体をお持ちだが、私はもはや重い紙は運べませぬ。空身《からみ》さえ思うに任せぬのです。赤目様も私にお付き合い下され」

「さようか」

長い背負子の隊列が整えられた。

山をよく知った修験者たちが先導するように尾根伝いの登山道を進み始めた。

杖をついた観右衛門と小籐次は列の最後にゆっくりと歩を刻んだ。

「大番頭どの、かくも大量の紙をこの高尾山は一年で使い果たされるのでございますかな」

小籐次は江戸を出て以来の疑問を訊いた。

「その昔から高尾山には信濃国飯縄山から勧請した飯縄権現を祀《まつ》る修験道場がございましたが、修験者らが信徒に配る護摩札《ごまふだ》程度の紙しかお使いにならなかったそうです。ところが徳川様の御世が到来し、裏長屋の連中などが講を組んで、伊勢参りだ、大山参りだと信心に事寄せて旅をするようになって参りましてな。この方々が高尾山にも詣でるようになりまして、生きてあるうちにご利益をと現世功徳を求められるようになりました。そこで高尾山薬王院としてもそれにこたえざるをえない。開運出世、火難盗難除、怨敵悪魔降伏《ごうぶく》、難病平癒、長寿から子宝安産と数多くの護摩札を作られるようになりました。大きな声では申せませんが、商いの間口を広げられたのです」

「ほう」

観右衛門は喋ることで登山の苦しさを紛らしていた。

「一番当たったのは火難除の配札です。江戸は火事が名物なくらい多うございましょう。町火消し、大名火消しなどが講を作り、高尾山薬王院に参り、火伏せ祈願をして、帰りにな、火難除けの火伏せ札を大量に江戸に持ち帰られるようになりました。そのお蔭で久慈屋に紙の註文も多くなったというわけでございますよ」

「なるほど」

「今はこうして皆さんの肩で運ばれておりますが、山に登り各種祈願の護摩札、火伏せ札と変じて再び江戸に舞い戻るのです」

「それで得心がいきました」

山道は急に険しさを増していた。もはや観右衛門も喋る余力はなかった。

鬱蒼《うっそう》とした木々の間から光が長い荷運びの行列を照らし出して、風が吹くと光が躍り、荷担ぎの人々の汗を光らせた。

きいきいっ

どこからか野猿の鳴き声が響いてきた。

尾根道は狭く、一段と険しさを増した。

もはや観右衛門と肩を並べる山道の幅はない。そこで、小籐次は観右衛門の背に回り、尻を押した。

「おおっ、これは楽にございますぞ。さりながら、赤目様、無理はなさらんで下されよ」

「赤目小籐次、この程度の登山は朝飯前にござる」

「明日の朝は滝に打たれますかな」

「孫六兼元を高尾の霊水で清めて江戸に持ち帰り、研ぎに入ろうと思うてきましたゆえな」

「修験者が打たれる滝は琵琶《びわ》滝、布流《ふる》滝、清滝とございましてな、頂から流れ出る渓流も前沢《まえさわ》川、伊久沢《いくさわ》川、逆沢《さかさわ》川とあります。薬王院に参られ、普段お遣いの次直と孫六の祈禱を受けて、滝の水に清められるとよい」

「それはよき考えかな」

山麓の登山口から半刻余り、一行は休憩をとった。

観右衛門は浩介から竹筒の水をもらい、一息ついた。

「これからが、ちょいときつうございます」

一休みの場に浩介、東次郎、国三も集まり、肩の荷を下ろした。

竹筒の水が小籐次にも回ってきた。汗を掻いた体に水が沁み渡る。

「赤目様は酒のほうがよかったでしょうかな」

「いや、お山に入れば断酒と心に誓ってきましたで、浩介さんや、ご心配あるな」

「赤目様、その誓いは反故《ほご》になさいませ。車力たちも薬王院で頂く般若湯《はんにゃとう》を楽しみに荷揚げをしているのですからな」

「ほう、薬王院の宿坊にも酒がござるので」

「赤目様、お間違い下さいますな。酒ではなくて般若湯にございますよ」

「楽しみが増えました」

小籐次が小僧の国三を見ると、背に負ぶってきた紙の重さにぐったりとしていた。

「国三さんや、荷が堪えるか」

「江戸育ちの私は初めての山登りですよ」

げんなりとした顔だ。

「まだ国三さんは体ができておらぬでな、無理をしてはならぬ。ここからはそれがしがそなたの荷を担いでいこう」

国三が顔に喜色を浮かべたが、はっとした表情で大番頭を見た。

「国三さん、その代わりな、観右衛門どのの尻を押して登るのですぞ」

そう国三に言った小籐次は背に負ってきた孫六兼元を下ろすと、国三が担いでいた背負子に括りつけた。

行列の先頭から法螺貝《ほらがい》の音が響き、

「出立するぞ！」

という声が響いてきた。

一行は再び背に荷を負った。

小籐次も国三の背負子を負い、肩に馴染ませた。五貫ほどの紙だ。小籐次には大した重さではない。

国三が観右衛門の背に回り、

「大番頭さん、参りますよ」

と尻を押した。

「国三、無闇やたらに押すのではありませんよ。山道の勾配《こうばい》にそってな、手心を加えながら押して下され。おお、今の具合がいいですな」

尾根道の左右は鬱蒼とした森林だ。西に傾いた光が差し込む中、紙を運ぶ一行はゆっくりと、それでも確実に頂を目指していった。

「赤目様、高尾山には名所が十ございましてな、山内十勝と申します」

平らになったところで観右衛門の講釈がまた始まった。

「ほう、それはどんなところにございますな」

「一に薬王殿、二には威神台、三は白雲閣と数え、続いて、紫陽関、海嶽楼、望墟軒、七盤嶺、雨宝陵、琵琶滝、鳴鹿澗の十にございますよ」

「山内十勝に修験場の琵琶滝が入っておりますな」

「琵琶滝はなんといっても高尾山の瀑布《ばくふ》の雄にございますからな」

「ならば、明朝は琵琶滝にて水に打たれます」

行列は最後の難所の急峻な山道に差しかかり、鉄鎖が山道に沿って這わせてあった。一行は鉄鎖と杖を頼りに一歩一歩登りつめ、ついに高尾山の薬王院有喜寺の石段下に到着した。

「着きましたぞ。国三、よう押してくれました」

観右衛門がぜいぜいと弾む息で礼を言った。

その瞬間、一行の目に夕日を浴びた富士山の壮麗な姿が映り、しばし言葉も忘れて見入った。

「よう参られたな」

その声に一行が振り向くと、階段上には貫首《かんじゅ》宗達らが出迎える姿があった。

「ささっ、こちらへ」

江戸から運ばれてきた荷が薬王院の大本堂の前に運び上げられ、護摩壇に火が投じられて無事に道中が終わった御礼供養が始まった。

二

丑（午前二時）の刻限、薬王院宿坊を出ると、白の浄衣の小籐次は琵琶滝へと下りた。手にしているものは孫六兼元だけだ。

闇の山道を下ること四半刻（三十分）、瀑布の音が響いてきて修験者たちの修行の気配が伝わってきた。

滝が星明かりに見えた。

滔々《とうとう》と流れ落ちる数条の滝の下に、水に打たれる修験者たちの白衣がかすかに闇に浮かんで見えた。

小籐次は滝壺に下りると草履を脱ぎ捨て、孫六兼元を手に流れ落ちる瀑布の下へと滝壺を回った。

昨夕、納める紙が高尾山に安着した御礼供養の護摩焚きを終えたとき、観右衛門が小籐次を伴い、大本堂に上がると、小籐次の差し料の次直と孫六兼元の護摩供養を薬王院有喜寺の宗達に願った。

「貫首様、世間安泰のために使われる二剣にございます。御坊方の法力で、取り付いた怨念憎悪がござれば浄めて頂きとうございます」

と願った。

「観右衛門さんがお武家を伴うのも珍しいが、刀の護摩供養をなせとな」

と答えた宗達が、剣を拝見したいと望んだ。

小籐次がまず幾多の歴戦を共に掻い潜ってきた次直を差し出した。宗達が受け取り、護摩壇の火に翳して鞘を払った。しばし無言で見入っていた宗達が、

「お武家様、お名前をお聞かせ下され」

と願った。

「赤目小籐次と申す」

宗達の両眼が剝《む》かれ、しばしの沈黙の後、頷いて、抜き身の次直を護摩壇の前

に置いた。さらに白木の孫六兼元に見入った宗達が呻いた。

「濃州の刀鍛冶赤坂住兼元と拝見しましたがな」

　小籐次のような浪々の武芸者が持つ剣ではなかった。

「貫首様、つい最近まで芝神明社が所蔵されていた一剣にございますよ。大宮司様が危難に陥られた際、赤目小籐次様がお助けになった。そこで、赤目様に世直し剣としてお礼に譲られたものにございます」

「どうりで次直の歴戦の刀傷といい、孫六兼元の曇りといい、謂《いわ》れを聞けば得心がいく」

　と答えた宗達らは、護摩壇に護摩木を投げ入れて、次直、孫六兼元の供養を執り行ってくれたのだ。


　小籐次は足先で滝壺の水を触った。

　夏とはいえ、高尾山中の未明の水は身を切るほどに冷たかった。

　白木の鞘を払った孫六兼元を、滔々と落下する滝の真下にある岩場に横たえておいた。そして、小籐次自身も落水する滝に身を晒した。

　両足をしかと岩場に踏ん張り、臍下丹田《せいかたんでん》に力を溜め、胸前で合掌すると、滝の水が小籐次の矮軀を押し潰すように襲いかかってきた。

冷気が五体から温《ぬく》もりを奪い去った。

小籐次は脳裏からすべての想念を払い、瞑目《めいもく》すると、無念無想の境地に心身を誘おうとした。

琵琶滝のあちらこちらから滝に打たれる修験者の気配が伝わってきた。だが、その気配も薄れていき、小籐次は独り滝の水に打たれる行為だけに没入していった。

どれほどの刻限が過ぎたか。

両眼を開いた。すると、夜明けの微光が琵琶滝に差し込んでいた。滝壺の周りで修験者たちが驚異の目で小籐次を見ていた。

「赤目小籐次様にもの申す」

若い修験者の一人が問いかけた。

「いかな問いや」

小籐次は若い修験者に叫んだ。

「修行を続けるわれらとて、琵琶滝に打たれるは四半刻が限りにござる。赤目様はすでに一刻を瀑布に揉みしだかれて平然としておられる。その法とはなんぞや」

「それがしに法力などあるわけもなし。ただ無念無想に身を晒しただけにござる」

「驚き入った次第かな」

別の修験者が言った。

問答は琵琶滝の滝壺をはさんで交わされていた。

「昨日、高尾山に納める紙を担いで山登りした誼《よしみ》もござる。今一つ願いの義がござる」

どうやら修験の者たちは昨夕、久慈屋が高尾山に納める紙を担いでいた力持ちたちのようだ。

「われら、山野に暮らし、野獣を追い、睡魔と戦い、何年もの間、修験道を極めんと努めてきた者にござる。未だ悟達《ごだつ》の道遠く法力叶わぬ未熟者にござる。そこで赤目小籐次様に一手ご指南頂きたい」

滝壺を囲んだ修験者たちは六尺余の金剛杖《こんごうじょう》を携えて、

「赤目小籐次、なにするものぞ」

という気迫で睨んでいた。

「そなたら、会得した法力を試さんと、赤目小籐次に挑まんと望まれるか」

「いかにもさよう」

「ともに山登りした誼と告げ知らされれば、断わりも難《かた》し」

若い修験者たちは、江戸で名高き酔いどれ小籐次の力と技を試さんとしていた。児戯といえばそうだが、若い修験者は鍛え上げた体内に鬱々とした力を残していたのだ。

小籐次はその願いに乗った。

岩場に置かれ、琵琶滝の水に打たれ続けてきた孫六兼元を白木の鞘に納めた。

「いかなる法力にても構わぬ。赤目小籐次を打ち据えあれ」

「承った」

金剛杖を修験者十数人が構えた。

小籐次は白木の孫六兼元を口に咥えると、滝壺に身を躍らせた。

「おおっ！」

と驚嘆の声が修験者から洩れた。

琵琶滝の滝壺は悠久の落水が穿《うが》つ力で深くえぐれ、滝壺の底は水流が渦巻いていた。それにのみ込まれれば、ひとたまりもなく水底に引きずり込まれて水死するしかない。

その滝壺に、矮軀の年寄り侍が刀を口に咥えて平然と身を躍らせたのだ。なにものも恐れぬ修験者たちも小籐次の無鉄砲には言葉を失い、目を見張った。

一旦姿を消した小籐次の異相が、刀を咥えて平然と浮かび上がってきた。

胸まで水中から身を上げた小籐次は、その姿勢のまま滝壺を渡り始めた。

両手は水中にあって、立ち泳ぎをしているのか、それとも修験者たちが知らぬ水泳の術か。まるで平地を歩いているようだった。

その頭上には水飛沫が散り舞い、冷気が舞い上がっていた。

「なんということか」

「水の勢いなど、なにも感じておられぬようじゃぞ」

「呆れ果てたお方かな」

修験者たちが立ち騒いだ。

滝壺を真一文字に前進してきた小籐次が、滝壺の中央でふいに体の向きは変えることなく、横へと移動した。さらに反対へ戻り、後退さえした。

その間、水中から出た小籐次の胸から上は不動の高さを保ち続けた。

水中から片手が出されて口に咥えた孫六兼元を摑んだ。これで体の平衡《へいこう》が崩れたはずだが、その様子もない。

「お手前方、滝壺の赤目小籐次をどうなさるな」

小籐次が呆然と見詰める修験者たちを挑発した。

慌てて修験者の一人が金剛杖を構えた。その意図を悟った仲間が滝壺の四方から金剛杖を肩に担いだ。

小籐次が片手の孫六兼元を垂直に投げ上げた。

修験者たちの手から金剛杖が抛《なげう》たれたのは、その瞬間だ。

法力を得た金剛杖が、滝壺で泳ぐ小籐次の顔に四方から一直線に飛んでいった。

小籐次の片手が虚空へ、投げられた孫六兼元へと差し伸べられ、白木の柄を摑んだ。それが素早く上下して、鞘だけが再び滝壺の虚空に浮かび上がった。

小籐次の手には抜き身があった。

四方から金剛杖が小籐次に襲いかかった。

小籐次の水面に浮かんだ胸上が、
くるり
と回転して、孫六兼元が躍った。

かーん

と四本の金剛杖を両断する音が一つに聞こえた。

それほど迅速な太刀捌きだが、小籐次の上体は悠然と舞ったように修験者たちには見受けられた。

おおっ!

驚きの声が滝壺の周りから洩れ、その驚愕の光景の中、小籐次の差し上げた孫六兼元の抜き身に白木の鞘が吸い込まれるように納まった。

小籐次は再び兼元を片手に掲げて泳ぎ始めた。

「修験の技はそれだけにござるか」

「くそっ!」

未だ金剛杖を手にしていた修験者たちが、滝壺の縁へと泳ぎ来る小籐次の許へ殺到した。

一刻(二時間)余、滝に打たれ、さらに滝壺で立ち泳ぎする小籐次の筋肉は冷気に硬くなり、動きが緩慢になっている筈だ。

襲いかかる修験者たちの脳裏に、そのことが一様にあった。

小籐次が滝壺の縁に泳ぎ着き、水中から濡れた白衣の姿を晒した。

「御免下され!」

「飯縄大権現の法力、ご覧あれ！」

と口々に叫びながら、滝壺から上がろうとする小籐次へ打ちかかっていった。

小籐次の矮軀が反動もつけずに虚空へと飛翔した。

一瞬の内に小籐次の体は金剛杖の上へと抜け出て、虚空に迷う金剛杖の上に、
ちょこなん
と立った。

おおっ！

と驚きつつも金剛杖を引いた。

小籐次の体が滝壺の岸辺に着地すると、鞘に納まった孫六兼元が右に左に振るわれ、突かれ、払われ、呆気《あっけ》なくも修験者たちは反対に滝壺に落とされていた。

わははははっ
という高笑いが琵琶滝に響いた。

小籐次がその笑い声の主を振り向くと、修験道の長老寵玄坊と薬王院有喜寺の貫首宗達、それに久慈屋の大番頭の観右衛門の三人が滝壺の上から見下ろしていた。

観右衛門はすでに旅仕度だ。

笑い声の主は寵玄坊だ。

「そなたらの生半可《なまはんか》な法力では、酔いどれ小籐次様の足元にも寄せてはもらえぬのう」

滝壺から這い上がった若い修験者たちは、なんとも恨めしそうに長老を見、さらには平然と立つ小籐次に視線を移した。

「薬になったか」

「寵玄坊様、われらが束になっても赤目小籐次様に敵わぬこと、明々白々にございます。なれど滝壺での玄妙な動き、赤目様はどのような技を使われたのでございますか」

と長老にとも小籐次にともつかず訊いた。

「赤目どの、この問いやいかに」

寵玄坊が小籐次に問い直す。

「わが流儀、来島水軍流と申し、伊予水軍が陣中にて使う百般の技を集めたものにございます。甲冑《かっちゅう》を身に纏っての船戦《ふないくさ》、水中での組み打ちを想定したものにござれば、空身で立ち泳ぎなど難なくこなせるように叩き込まれますのじゃあ」

「琵琶滝の滝壺など、荒海に比べれば盥《たらい》の水のようであろう」

と寵玄坊が感心し、問いかけた若い修験者の一人が、

「お聞きして、わが疑い氷解致しました」

と答えた。寵玄坊が、

「日弁坊《にちべんぼう》、氷解しただけではそなた方はすまぬぞ。よき機会を赤目様がお与えになって下さったのだ。今一度、最初から修行のやり直しを致せ」

と命じて、修験者一同が、
おおっ
と和して畏《かしこ》まった。

「観右衛門どの、早出立の刻限が参ったか」

小籐次は宿坊へ戻ろうとした。

「赤目様、ちとご相談がございます」

宗達ら三人が滝壺の縁へと下りてきて、観右衛門が、

「私どもは予定どおり江戸へと戻りますが、赤目様は、しばらく高尾山にご逗留なされませぬか」

と思い掛けないことを言い出した。

「なんぞ御用が生じましたか」

「貫首様と寵玄坊様と話し合いました。赤目様は孫六兼元をお研ぎになるお気持ちで高尾山に持参され、貫首様に祈禱をしてもらい、本未明には琵琶滝で刀身を浄められましたな」

「いかにも」

「赤目様、この琵琶滝のある修験堂の宿坊の一つに刀の研ぎ場がございますそうな。十数年前、江戸の名のある研ぎ師が高尾山に籠《こも》り、斎戒沐浴《さいかいもくよく》した後、尾張家の宝剣数振りを研いだ作業場にございますよ。以来、その研ぎ場には江戸の研ぎ師が次々に訪れ、滝籠りしてはこの霊水で刀の研ぎをなさっていく習わしだそうです。赤目様のお考えを知られた貫首様と寵玄坊様が話し合われ、孫六兼元ほどの名刀を研がれるのなれば、琵琶滝の研ぎ場を自由にお使い下されと申し出られたのですよ」

「それがし如きが、そのような名工の研ぎ場を使ってようござろうか」

「研ぎの腕前も達人と、観右衛門どのからお聞きしておる。己の差し料にござれば存分になされ」

と宗達貫首が許しを与えた。また寵玄坊も、

「それに滝壺での赤目様の業前を見て、寵玄坊もちと考えましてございます。高

尾山に滞在の間、若い修験者たちに赤目様の剣者の心構えを教えては頂けませぬか」

「御坊、それがし、ただの年寄り侍にございますぞ。修験道を志す修行者に教えるべき一事もございませぬわ」

「なんのなんの、ご謙遜《けんそん》あるな。大名四家を相手に旧主の恥辱を雪がれた孤独な戦い、戦国武士にも聞いたことがござらぬ。この者たちにどれほどの教えとなるか」

小籐次は、

（どうしたものか）

と観右衛門に助けを求めた。

「滅多《めった》にある機会ではございませぬ。高尾山の霊場で存分に孫六兼元を研ぎ上げなされ。江戸に戻るのは、それからでも遅くはございますまい」

「大番頭どの、帰り道は大丈夫にござろうか」

小籐次は、久慈屋が小籐次に同行を求めたのは往路の荷を守ることと、帰路には高尾山からの代金の護衛役を考えてのことと推測していた。

「赤目様、権ノ助親方を始め、三十人余の力持ちが同道するのです。そんな一行を誰が襲おうというものですか」

と観右衛門が小籐次の心配を一蹴《いっしゅう》した。

「ならば、お言葉に甘えてしばし高尾山に逗留いたす」

「それがようございますよ」

話が決まった。


宿坊に駆け戻った小籐次は衣服を着替えて、観右衛門ら一行を薬王院から山麓の大八車を置いた場所まで見送っていった。

「赤目様、お一人で山籠りですか」

と小僧の国三が山道を下りながら尋ねた。

「貫首様らのご好意でな、しばし山に留《とど》まり、孫六兼元を研ぐことと相なった。国三さんもどうだ。それがしと一緒に山で過ごすか」

「赤目様、私は一晩だけで十分です。獣の鳴き声に夜中に何度も目を覚まさせられて、厠に行きたくても行けませんでした。人里離れた山奥よりも芝口橋の店がどれほどいいか知れません」

国三の心からの言葉に、山を下る一同が笑った。

「車力の親方、笑っておられるが、お山がそんなにもいいですか。この場に残られますか」

「小僧さんにそう切り口上に尋ねられると、江戸には帰らぬとは言い辛いな。正直、おれも一晩で十分だ」

「でしょう」

と答えた国三が、

「赤目様、野猿や熊に攫《さら》われないで下さいよ」

と注意した。

一同は山麓下の茶店で別れの酒を酌み交わし、観右衛門らは空の大八車を連ねて江戸へと戻っていった。

小籐次は車列が小さくなり、甲州道中の向こうに溶け込むまで独り見送った。

三

琵琶滝の滝壺を見下ろす岩場に立つ工房は、江戸の研ぎ師が工夫を凝らしただけに刀剣を手入れするに十分な設備と数多くの砥石類を揃えていた。

貫首の宗達は、この場と道具を自由に使ってよい、と小籐次に許しを与えた。

小籐次は閉じられていた戸を開いて風を入れ、清掃をした。

神棚に水、塩を捧げ、乾き切った桶類を点検して水を張り、砥石を水に浸けて水を吸わせた。研ぎ具合を点検する明かり窓の障子紙を張り替え、作業場を整え終えるのに丸一日を要した。

寝所は、研ぎ場に接して囲炉裏《いろり》のある板の間があった。鍋釜の類も揃っていた。夜具は薬王院有喜寺から一組が貸し与えられ、里からは男衆二人が米味噌に酒、食べ物などを運んできた。

小籐次が二十日ほど暮らすには十分過ぎる量だった。すべて観右衛門が手配していったものだ。

久慈屋の一行が高尾山を後にした夕刻、小籐次は琵琶滝に打たれて汗を流し、身を浄めて、明日からの孫六兼元の研ぎに備えた。

工房に戻った小籐次は囲炉裏に火を入れ、自在鉤《じざいかぎ》に水を張った鉄鍋を掛け、届けられた猪肉《しし》と野菜を使って味噌仕立ての鍋の仕度にかかった。囲炉裏の火を脇に移し、五徳《ごとく》の上に小土鍋をかけて飯を炊く仕度を終えた。

茶碗に徳利の酒を注ぎ、口に含んだ。

陶然とした酔いがゆるゆると五体を回る。

思いがけなくも、新義真言宗の信仰と修験道が融合した祈禱の地、高尾山琵琶滝の工房で、孫六兼元へ再び命を吹き込む作業に従事することになったのだ。

江戸で小籐次が揃えた道具とは比較にならないほどの、上質で多種類の砥石があった。伊予砥にしても硬軟何種もの種類があった。

孫六兼元を研ぐにこれほど恵まれた環境もない。なにより研ぎだけに専念できることが嬉しかった。

酒を含み、沢庵の古漬けをかじった。

目の前では土鍋の飯が炊け、猪鍋のいい匂いが漂ってきた。

酔いの中で明朝からの工程をなぞった。

赤目小籐次にはなんとも至福の時だった。

茶碗三杯の酒を飲み、炊き上がった飯に猪鍋を菜に昼餉と夕餉を兼ねた飯を食べ終えた。

(観右衛門どのらは府中番場宿の島田屋に着かれたか)

そのことを考えながら、囲炉裏端に夜具を敷き延べて、

ごろり

と横になった。

琵琶滝の滔々と流れ落ちる水音を子守唄代わりに、小籐次は眠りに就いた。

翌未明、小籐次は琵琶滝に打たれて身を浄め、霊山に孫六兼元を研ぎ上げる加護を願った。

朝の光が研ぎ場に薄く当たり始めたとき、白衣に襷掛けの小籐次は研ぎ桶の前の床几に左膝を折って座した。

左足が踏まえ木を押さえ、右膝も折って踏まえ木に土踏まずをかけて、足先で爪木を踏んだ。

右の膝頭を立てて、孫六兼元を手に体全体を前傾に浮かせた。

研ぎの最中、前傾しつつ、尻は浮かした状態が続く。体は踏まえ木に支えさせるのだ。

新身を研ぐわけではない。荒砥をかける要はない。

また孫六兼元に刃ムラや刃こぼれはなかった。

刀身全体にくすんだ曇りと薄く錆がかかっていた。

孫六兼元を長の眠りから覚まさせればよかった。

小籐次は研ぎ場に揃えられていた無数の砥石類から伊予砥の一つを選び、錆を落とし、形を整える作業に入った。

裂帛《さいで》を巻いた孫六兼元を右手でしっかりと握り、左手は刀身に軽く添えただけで前方に押し出すように力を入れ、引くときは力を抜いて研ぎ始めた。

小籐次は研ぎに没頭した。

山野を駆け回って修行を続ける修験者が研ぎ場を覗いたが、小籐次は見向きもしない。喉が渇けば、床几のかたわらに置いた徳利に手を伸ばして酒を口に含む。朝餉も昼餉も口にすることなく、ひたすら研ぐ作業に没入して夕暮れを迎えた。

夕暮れ、再び琵琶滝で水に打たれた。

一日一食の夕餉は昨夜の残りの猪鍋に飯を入れて雑炊《ぞうすい》を作った。

時に修験者たちと食を共にし、剣術のことなどを語らった。

刀を研ぐ作業は単調な繰り返しだ。だが、一つの行動を疎かにすると、積み重ねてきた仕事が一挙に崩れることになる。

一つの動作も力と神経を抜くことなく全身全霊をかけて研ぐ。そんな様子を修験者たちが覗きに来ては、

「赤目様は、今日も孫六兼元と向き合うてござる」

と集中ぶりに感心して見入ることもあった。だが、小籐次は一瞥《いちべつ》だにしなかった。

下地研ぎを終えた翌未明、研ぎ場に小籐次の姿はなかった。
着慣れた裁っ付け袴の腰に備中次直と脇差を差して、草鞋掛けで山に分け入った。

この十日余り、小籐次は琵琶滝の研ぎ場を離れることなく作業に没頭してきた。体が動くことを欲していた。また、仕上げ砥の作業に入る前に頭を空っぽにしたかった。

小籐次は、弓にためられた矢が弦を鳴らして離れるように高尾山の奥へと走り出した。五尺の矮軀が険しい山道をものともせず駆け出すと、ひっそりと眠りに就いていた山の霊気が一気に目覚め、渦巻き始めた感じがした。

その気配に気付いた修験者たちも、赤目小籐次の後を追うように山に入った。小籐次が巻き起こした気配の後を追い、ひたすら走った。だが、僅《わず》か前に動き出したはずの小籐次の姿を見ることはなかった。

「なんということか」

修験者たちは山を熟知していた。さらに小籐次よりもはるかに若く、鍛えられた肉体を持っていた。だが、追っても追っても小籐次の矮躯を見ることはなかった。

日が昇り、中天に達した。

修験者たちは尾根伝いに城山、小仏《こぼとけ》峠、景信《かげのぶ》山へと走り回らされ、その頂で足を止めた。

岩場に赤目小籐次が端然と座して、腰に括り付けてきた竹筒の水を飲んでいた。

「あ、赤目様」

息を弾ませた修験者たちが、岩場下に姿を見せて声をかけた。

小籐次が異相を向けた。その口から酒の香りが漂ってきた。水と思われたのは酒だった。

「おまえ様という方は」

日弁坊ら若い修験者が絶句した。

「ご覧なされ、富士の姿の見事なことを」

日弁坊らは小籐次が酒を飲みつつ、富士の秀嶺を仰ぎ見ていることを知った。

(この御仁の足元にも及ばぬ)

修験者たちの感じたことだった。

日弁坊らは山野を跋渉《ばっしょう》して修行に明け暮れてきたが、山にあって山を見ずの修行だった。だが、酔いどれ小籐次は未明から半日も走り回った挙句《あげく》に、岩場に座して酒を楽しみ、富士山を観賞していた。

（われらの修行、未だ険し）

日弁坊らは岩場の下に崩れ落ちるように腰を落とした。

小籐次の研ぎは内曇砥での作業に入っていた。

まず軟らかな砥面の刀砥で兼元の刃を研いでいった。この作業に入ると、押し際よりも引く動作で力を使った。

矮軀を一杯に使い、力を入れて大きく長く引いた。この長い引きの間に手が狂うと、刃先が砥面と反発し合い、傷を生じる。

無念無想に動作を行う、それだけを心掛けた。

また小籐次は研ぎ水を常に清らかな琵琶滝の水に替えて清浄を保ち、刃を研磨していった。

その工程が終わると同じ内曇砥でも地砥へ移った。この地砥は硬い種類の砥質を何種類も用いて行う。

この工程では平地、鎬地《しのぎじ》、棟《むね》と研ぎ上げ、棟先は刀砥で磨く。

小籐次は無数ある砥石から鳴滝砥を選んで、鎬地と棟を研いだ。

切っ先は刀砥に戻し、横手、小鎬、三つ頭、刃先と細かく整え、下地研ぎを終えた。

最後の仕上げ研ぎに入る前に薬王院有喜寺に参り、貫首宗達に下地研ぎを終えた孫六兼元を示して護摩壇に捧げ、これまでの作業が無事済んだことを感謝する祈禱を行ってもらった。

孫六兼元の刃からすでに錆も曇りも落ちていた。仕上げは地鉄《じがね》をさらに細かく美しく磨き、地刃を調和の取れた色調に整えることにあった。

このために下刃艶、地艶、拭い、刃取り、磨き、横手筋切りなど細かい工程を繰り返す。そこで丹念に砥石を替えて研ぎ上げていくのだ。

だが、砥石は角型のものではなく、小さく薄く加工したものを何種類も用意しなければならなかった。

小籐次は仕上げ砥石の製作から、この工程に入った。

いつしか季節は移ろい、夏が深まって蛍が高尾山の闇に幻想の光を投げる時期に差し掛かっていた。

下刃艶、地艶、拭い、刃取りと順調に進んでいた。

小籐次は、ふとだれかから監視されているのを感じていた。

修験者たちが小籐次の日常を見守る視線とは明らかに異なる、

「目」

だった。

小籐次には思い当たる、

「敵」

が何人もいた。

御鑓拝借に始まる大名四家の怨念が小籐次の身辺に渦巻いていた。また幾多の闘争を勝ち抜き、その度に斃した相手の血縁や知り合いに憎しみを抱かせてもいた。それらのだれかが、小籐次を斃さんと動き出したとしても不思議はなかった。

そんな最中、事件は起こった。

夕暮れ前、小籐次が磨きの作業を終えたとき、日弁坊ら三人が研ぎ場を訪ねてきた。研磨の作業は、

「ナルメ」

と呼ばれる切っ先部分の仕上げを残すだけだった。

「正体の知れぬ武芸者が山に入っておることをご存じか」

「霊場なれば、そなたら同様に修行のために山に入られる武術家もおられよう」

「赤目様、われらが見るところ、赤目様に因縁を持つ者のように推察致した」

「日弁坊はその者を見られたか」

「一度小仏峠ですれ違うた。静かな殺気を漂わした剣客にござった」

「年はいかに」

「三十前後かのう。六尺豊かな体軀にて足腰が安定し、なかなかの腕前と感じ入った。編笠を被っておったが、がっちりとした顎に無精髭《ぶしようひげ》が生えて、油断のならぬ挙動にござった」

「それがしも、数日前よりだれぞに見張られておるような気はしておった」

　頷いた日弁坊が、

「赤目様なればなんの心配もござりますまいが、念のためお知らせに参上致した」

　日弁坊らは山に入る身仕度をしていた。

「闇修行に参られるか」

　日弁坊が若い顔を横に振り、

「聖菱坊《せいりようぼう》ら三人が四日前に山に入り、下山の日を過ぎても下りてきませぬ。なんぞあったのではないかと、見回りに行くところにござる」

「予定をどれほど過ぎられた」

「二日ほどにございます。われら修験者、食べ物がなくとも十日や二十日の山歩きはなんでもござらぬ。じゃが、聖菱坊らは二日前に必ず戻ると言い置いていた。それが気になるで山に入る」

小籐次はしばし考えた後、

「それがしも同道しよう」

と立ち上がった。

「赤目様、なんぞ気掛かりで」

「そなたらと同じく、赤目小籐次に用がありそうな武芸者が気になり申す」

日弁坊らの顔に不安が漂った。

小籐次は直ちに山に入る仕度を整えた。次直と脇差を差し、破れ笠を被り、草鞋の紐をしっかりと結んだ。

「聖菱坊の行き先は見当がつかれるか」

「案下峰《あんげ》から御岳に回ると言い残しております」

案下峰とは相州境にある陣場山のことだ。

「よし、参ろう」

修験者らを先導に、小籐次も高尾山中の夜に分け入った。まず薬王院有喜寺の石段下まで登り、さらに尾根道を小仏峠へと走り、案下峰へと急いだ。

明け方、四人は険しい尾根に差し掛かり、ご来光を迎えた。

夜道ではなんの手がかりもなかった。

厳しい修行に何年も身を晒してきた修験者たちだ。厳冬でもない真夏に遭難など考えられなかった。

昇る日輪を横手から浴びて案下峰の尾根を進んでいくと、先頭を行く日弁坊が、

あっ

と叫んだ。

小籐次が二人の修験者のかたわらをすり抜けて日弁坊の傍らに行くと、金剛杖が二つに斬り割られて転がっていた。

石突きの磨り減った金剛杖を日弁坊が拾い上げ、

「専光坊《せんこうぼう》の杖にございます」

と小籐次に見せた。

「修験者が山に入り、杖を手放すなど考えられませぬ」

小籐次はその言葉を聞きながら、見事に両断された杖の斬り口を眺めていた。達人上手と称される武芸者の手になる斬り口だった。

「それがしが先頭を勤めよう」

杖を日弁坊に渡した小籐次は、案下峰の頂に向って進んだ。案下峰こと陣場山は標高およそ二千八百余尺の山並みだ。頂にいたる道を数丁も進んだ頃、血の臭いが峠に漂い、人の気配に気付いたか、狼のような影が藪《やぶ》に飛び込んで消えた。

峠道に三人の修験者の死体が転がっていた。

「なんということ」

「惨《むご》い！」

「聖菱坊」

小籐次の矮軀越しに、惨劇を目撃した修験者たちが口々に叫んだ。

「狼めが」

日弁坊が怒りを吐き出した。

「日弁坊、狼が金剛杖を斬ることができるものか」

小籐次は喉仏や顔を食いちぎられた三人の亡骸《なきがら》の傍らに膝をつき、死体を調べた。

三人ともに喉下をすっぱりと斬られたことが致命傷になっていた。峠道に放置された死体に群がった狼たちは、その後のことだ。

「赤目様、人間の仕業にございますか」

「日弁坊、それがしを見張るという武芸者の仕業と思える」

「なんたること」

「許せぬ」

「いかにも」

だが、今は聖菱坊らの亡骸を琵琶滝まで下ろす大仕事が待っていた。

「それがしが一体を担ごう」

小籐次は血塗れになることを厭《いと》わず聖菱坊の大きな体を左肩に担ぎ上げ、胸前で足を押さえた。日弁坊も一人の修験者の体を担ぎ上げた。残る二人が一体を持ち、今度はゆっくりとした足取りで山を下り始めた。

六つ半（午前七時）の刻限、琵琶滝の宿坊に三人の亡骸が下ろされた。直ちに弔《とむら》いの仕度が始まった。

修験者の長老竈玄坊が、弔いの仕度がなる間に小籐次の許へと来た。

「赤目様、そなたを付け狙う武芸者の仕業と考えてようござるか」

「まずは、そう考えるのが至当かと思う」

寵玄坊が舌打ちをした。

「相すまぬことをした。それがしが山籠りしたせいで霊山を血に汚してしもうた」

「その者に覚えはございませぬのか、赤目様」

「ござらぬ」

と答えた小籐次は、

「一つだけ聖菱坊らの亡骸に約定しよう。三人を殺した者がだれであれ、この赤目小籐次が仇を討つとな」

小籐次は三人の亡骸に合掌すると立ち上がった。

「赤目様」

「その者、山におらば小籐次の周りから攻めんとさらに悪行を重ねよう。それがし、直ちに山を下り申す」

小籐次は孫六兼元を研いできた工房に戻った。

異変はここにもあった。

何者かが忍び込んだ痕跡があった。
ほぼ研ぎ終えた孫六兼元が消えて、その代わり、
「赤目小籐次の命近々頂戴に参上致す
信抜流佃埜一円入道定道」
と置き文があった。
「おのれ」
この言葉が歯軋りした口から洩れて、小籐次は工房の後片付けを始めた。

四

赤目小籐次が戻ってきた江戸は夏の盛りを迎えていた。紀伊国坂を下ると、屋敷の甍《いらか》の先に海がきらきらと光っていた。空には青空が広がり、真っ白な千切れ雲がぽっかりと浮かんでいた。

小籐次は江戸への道中に佃埜一円が姿を見せるのではと考えもし、そう望んでもきた。だが、気配もなかった。

御堀端沿いに幸橋、土橋、難波橋と過ぎて、東海道と御堀が交差する芝口橋が

見えてきた。

この日、府中番場宿を七つ（午前四時）発ちしたせいで八つ半（午後三時）には久慈屋に到着しようとしていた。芝口橋を供揃えの大身旗本か、下城の行列が見えて、槍を担ぐ奴《やっこ》の額に汗が光っていた。

小籐次は芝口橋の賑わいを斜めに突っ切り、久慈屋の店頭に立った。すると、最初に声をかけてきたのは足袋問屋京屋喜平の番頭の菊蔵で、

「おや、お帰りなさい。赤目様、お待ちしておりましたよ」

「相すまぬ。道中が思いがけず長引いてしもうた。研ぎ仕事が待っておりますか」

「それもございますがな、革足袋ができておりますよ。後で久慈屋さんに届けますでな、楽しみにお待ち下さい」

「それは恐縮」

菊蔵との挨拶もそこそこに久慈屋に入り、

「ただ今戻りました」

と挨拶した。すると、帳場格子の中から観右衛門が立ち上がり、

「お帰りなされ」

と店の上がり框まで来たが、小籐次の風体を眺めて、

「おや」

という表情をした。小籐次は破れ笠の紐を解きながら、

「孫六兼元にございますな。仔細がござって研ぎ場から姿を消しましてございます」

「なんと申されましたな」

と応じた観右衛門は、

「赤目様、裏に回られませぬか。私もやりかけの仕事を終えて直ぐに参りますでな」

と台所に誘った。

小籐次は店から奥へと抜ける三和土廊下を通り、久慈屋の広い台所に入った。するとおまつら女衆が、どことなくのんびりとした顔で茶を飲んでいた。昼餉の後片付けが終わり、夕餉の下拵えを終えて、一休みしているのだ。

「おやまあ、赤目小籐次様が真っ黒な顔をして戻ってござったよ。まずは井戸端で手足の汚れを落としなされ」

「どなたもお変わりないかな」

板の間に次直と脇差を抜き、背の道中嚢《どうちゅうぶくろ》を下ろして手拭だけを手に井戸端に行った。汲み置きの桶の水を取り分けて顔の汗を流し、手足の旅塵《りょじん》を洗い落とした。手拭を清水で洗っていると、お花が下駄を下げて現れた。草鞋の紐を解いた小籐次のためだ。

「おお、すまぬな」

お花はすっかり久慈屋に馴染んだ様子で、奉公に来たときよりも顔の表情が明るかった。

「お花さんはお店に慣れられたようだな」

「お蔭さまで店の方々にはよくしてもらっています」

「久慈屋は親父どのが奉公していた店と聞いた。互いによう知った仲じゃからな」

と言う小籐次にお花が、

「こちらは宜《よろ》しいのですが」

と言い淀み、憂い顔に変わった。その顔付きに釣られるように小籐次は訊いていた。

「嫁ぎ先からなんぞ言って参るか」

「赤目様、ご存じでしたか。亭主が時折、店の前をうろうろしているようです」

「そなたほどの器量の嫁はおらぬからな。未練なのであろう」

「私は、姑の言いなりでなんの返答もできない亭主なんぞ真っ平御免でございます」

「未練はないか」

「あんな女々《めめ》しい男に未練はございません」

とはっきり言い切った。

小籐次は一度腹を括った女は強いなと感じ入った。

「無理はせずにな、時と相談しながら歩みなされ」

「赤目様、時と相談とはどういうことでございますか」

「時間が経てば考えも変わろう。悔いも起こるやもしれぬ。そのときな、素直に胸の考えに従うことだ」

お花はしばらく考えていたが、小さく頷いた。

台所に戻ると、大黒柱の下の定席で観右衛門が茶を喫していた。下駄を脱いで、

「御免下され」

と上がると、おまつが、

「日向《ひなた》を歩いてこられた人にはかえって熱いお茶がよかろう」

と茶と大福餅を運んできた。

「造作をかけるな」

小籐次は観右衛門の前に座すと、おまつが淹れた茶を一口喫した。道中の疲れがふわっと消えていく。待ちきれない顔の観右衛門が、

「赤目様、なにがございましたので」

と訊いた。

小籐次は観右衛門一行と別れて高尾山に残った後、起こった騒ぎの一部始終を語った。

「なんと、そのようなことが」

と絶句した観右衛門が、

「私どもが高尾山に参った後、この界隈で赤目様のことを聞き回る武芸者がおると難波橋の親分が気にしておられましたがな。その者が高尾山まで出向き、罪なき修験者三人に手をかけましたか」

「それがしに用なれば、名乗りを上げて申し出ればよきことを。無念にござる」

「赤目小籐次様の武名は今や江都に知れ渡っておりますでな。佃埜一円入道なる

者もそう簡単には立ち合いを所望するわけにはいきますまい。まず長屋に現れ、置き文をし、さらには高尾山まで足を延ばして、赤目様の知り合いの修験者を血祭に上げ、さらには孫六兼元を盗み出し、赤目様が苛立って平静を欠くように仕向けておると見ましたがな」

「要らざる所業かな」

と小籐次が吐き捨てた。

「赤目様、その者、早晩姿を見せますぞ」

「それはまず間違いないところ」

「御鑓拝借の四家の関わりにございましょうかな」

「道中そのことを考え続けてきたが、どうも判然とせぬ。此度の佃埜一円入道なる者、赤目小籐次を討ち果たし、武名を上げたいだけの仁ではござらぬかな」

それが小籐次の出した結論だった。

「赤目様、お帰りなさいませ」

と手代の浩介が姿を見せ、

「大番頭さん、京屋喜平の番頭菊蔵さんが店にお出でにございます。なんでも赤目様のご註文の革足袋ができたとか。手に大事そうに抱えておられます」

「浩介さんや、註文ではないぞ。刃物を研ぐ礼に作ってもろうたが、それがしには勿体なき品じゃ」

観右衛門が小籐次の言葉を聞きながら、

「浩介、お隣りさんです。台所ですが、こちらが落ち着く。ご案内してくれませぬか」

と命じた。菊蔵はいそいそと久慈屋の台所に入ってきて、

「さすがに久慈屋さんの台所、広うございますな。うちの何倍も広々としておりますよ」

と見回し、観右衛門に、

「大番頭さん、厚かましくもお邪魔させてもらいました。なにせ足袋ばかりは足に合いませぬと、なんの役にも立ちませんでな」

と言いながら、腕に抱えた革足袋を二人の前に置いた。

足首まである見事な革足袋である。こはぜで留めるのではなく、昔ながらの革紐で足に括りつける足袋だ。

「おおっ、これは見事な腕前にございますな」

観右衛門が嘆声を上げるほどの職人仕事だった。

小籐次は言葉もない。

「足裏は硬い牛革を何枚も重ね、足首を包む部分は鹿革と布を張り合わせてございますから頑丈にございます。赤目様、おみ足をお出し下され」

菊蔵に催促され、小籐次は節くれだった足を怖《お》ず怖《お》ずと差し出した。すると、菊蔵が足首をぐいっと引っ張り、革足袋を手際よく履かせ、革紐で足首にきりりと巻きつけた。

「おおっ」

当たりがなんとも柔らかで、ぴたりと足が足袋に納まった。

「もう片方の足を」

菊蔵が言うがままに小籐次がもう一方の足を差し出し、忽《たちま》ち履かされた。

「立ち上がって動いてごらんなされ」

小籐次が立ち上がり、板の間をそっと歩いてみた。

「なんと己の足のようだ。どこにも無理が掛からず動き易いわ」

「で、ございましょう。うちの足袋を一旦履かれたお客様はな、もう他所《よそ》の店には行けませせぬよ」

と菊蔵が一頻《ひとしき》り自慢した。いや、自慢するだけの職人技が一足の革足袋に籠められていた。

菊蔵に茶と大福が供された。菊蔵は大福を食べ、茶を飲みながら、

「いいですか、赤目様。本日からお履きになって過ごされるのですよ。数日もすると足にさらに馴染んで赤目様の足の一部になりますでな。そうなれば手放せませぬ」

「番頭どの、それがし、かような贅沢な足袋を履いたことがない。かえって足が腐ったりせぬかのう」

「赤目様ほどの名人上手なれば、たちどころに履きこなされます。腕もさらに上がること請け合いです」

「お代はほんとうによいのでござるか」

「そんな心配はご無用です。ですが、久慈屋さんの刃物を研ぐときは京屋喜平の刃物の研ぎもお願い申しますぞ」

「それはこちらが願うこと」

菊蔵は久慈屋の台所を一頻り賑やかにして、

「女衆、茶と大福、ご馳走様でした」

と言うと姿を消した。

旋風でも吹き抜けたような感じで、台所が急に静かに感じられた。

「あのように賑やかで女客の相手が務まるのかねえ」

おまつが首を捻った。

「店では物静かに応対なされておるのであろう。それだけに、うちのような男所帯の奥に来ると、気持ちが解き放されるのかもしれぬな」

と観右衛門が小籐次の足元を見た。

「いや、一段と男ぶりが上がられたのは確かです」

「大事に取っておこう」

「いや、菊蔵さんが申されたとおり、足に馴染むまではしばらく履いて過ごされることとです」

頷いた小籐次は気にかかっていたことを尋ねた。

「水戸様からはなんぞござったか」

ほの明かり久慈行灯の製作指導に水戸に行く一件を訊いた。

「それですよ。太田様は店に見えられる。竹木奉行の大鳥様も再三にわたり、姿を見せられて、赤目様はまだ戻られぬか、久慈屋が高尾山などに同道を願うからこのようなことになったとお叱りまで受けました。赤目様が戻り次第、水戸にお連れなさりたい様子ですぞ」

「観右衛門どの、それがしは構わぬ。ただ、孫六兼元の一件がござる。それがしが江戸に戻った以上、佃埜一円入道が現れるは必定《ひつじょう》。その決着をつけて気持ちよく水戸に参りたい」

「それは、そのとおりですが」

と一抹《いちまつ》の不安を顔に滲ませた観右衛門が、

「こうなれば、待つだけではまどろっこしい。難波橋の秀次親分に願って、その者の塒《ねぐら》を探し出してもらいましょうかな」

と言い出した。

「ともかく赤目様、湯屋に行ってこられませ。旦那様も赤目様のお帰りを楽しみになされていましたでな、夕餉は奥でご一緒しましょう。酒もたっぷりと用意しておきますぞ」

と観右衛門に湯屋に行くように勧められた。

小籐次が久慈屋の通用口を出たのは四つ（午後十時）前のことだった。たっぷりと酒を馳走になり、昌右衛門や観右衛門らと高尾山の逗留話につい時間を過ごしてしまった。

その足には革足袋が履かれていた。

「赤目様、お気をつけて」

手代の浩介に送られ、芝口橋を渡った。

町内の木戸が閉じられる刻限だ。だが、さすがに天下の東海道、駕籠が行き、堀には夕涼みから戻る船が往来していた。

淀んだ熱気がまだ闇に漂い残っていた。

橋を渡った小籐次は直ぐに左に折れた。御堀端は蔵地が続き、蔵と蔵の間からしか流れは見えなくなった。

闇が深くなり、芝口橋では吹いていた風も消えていた。

小籐次は旅の後、飲んだ酒が心地よく全身に回っていた。ふらりふらりと矮軀を揺らしながら新兵衛長屋を目指した。足に履いた革足袋の具合がなんともいい。

そのとき、蔵地の間の路地から影が滑り出た。

深編笠の旅仕度の武士だ。身丈は六尺を超えている偉丈夫だ。

手に白木の刀を提げていた。

「孫六兼元を戻しに参ったか」

「長屋住まいのそなたには、ちと惜しき品じゃな」

「無辜《むこ》の修験者を殺す武芸者にも似つかわしくないわ、佃埜一円入道」

「あやつらか。よせばよいものを行き合った山道であれこれとこちらのことを詮索しおってな。つい煩わしゅうなった」

「それで殺したというか」

「一対三の、尋常な戦いよ」

「佃埜。そなた、だれに頼まれ、赤目小籐次の首を狙う」

「言えぬな」

「小城鍋島家か」

「御鑓拝借の鍋島か。違う」

と答えた佃埜は、

「そなたの首を取れば、それがしを召し抱えるという大名家があってな、赤目小籐次の命、頂戴することと相なった」

と言い足した。

「無法なことをなさるものよ」

小籐次が呟き、

「佃埜一円入道、それがしには聖菱坊ら三人の仇がある。容赦はせぬ」

「望むところ」

佃埜は深編笠の紐を悠然と解いた。

坊主頭にまばらに頭髪が生えていた。年は若いが頭髪が豊かではないようだ。

そこで入道を名乗ったかと、小籐次はかってに推測した。

佃埜はさらに道中羽織を脱いで丁寧に畳み、孫六兼元を包むと、蔵の軒下に置いた。自らの差し料の下げ緒を外すと襷にかけた。

その動作には余裕が窺えた。

小籐次は戦いの仕度をする佃埜を、ゆらりゆらりと上体を揺らしながら黙然と眺めていた。

佃埜が待ち受ける小籐次の前に出てきた。

「よいのか」

「よい」

佃埜が黒鞘に左手をかけ、抜いた。

刃渡り二尺七寸はありそうな豪剣だ。

巨漢の佃埜一円はその刀を地擦り下段に構えた。

小籐次は腰を揺らして次直を落ち着けた。だが、まだ抜かなかった。一旦柄にかけた右手をだらりと垂らした。

間合いは二間。

佃埜一円入道が並々ならぬ腕前とは承知していた。だが、それ以上の感慨は小籐次にはない。

ゆらりゆらりと小籐次の上体は揺れ、佃埜の仕掛けを待った。

「酔いどれ小籐次、それが手か。それとも酔い喰ろうたか」

「さあてのう」

その言葉が終わらぬうちに佃埜一円が走った。

地擦り下段の切っ先が延び上がってきた。毒蛇が鎌首をもたげるように巧妙に素早く擦り上げられた。

一気に間合いが詰められた。

その瞬間、小籐次はするすると後ろ向きに下がった。

間合いを外したせいで、佃埜一円の剣は虚空に斜めに立てられていた。

佃埜が動きを止めて斜めに大きく振り上げた剣の刃を返した。

小籐次も後退を止めた。

間合いは相変わらずの二間だ。

「逃げては勝負になるまい、酔いどれ小籐次」

「逃げておると見えて攻め、攻めておると見せて逃げる。これも酔いどれ剣法の極意でな」

「雑言《ぞうごん》無用」

佃埜一円が再び気合いを巨軀に溜めて矮軀の小籐次を押し潰すように走りかかってきた。

小籐次も迎え撃って間合いを詰めた。

二間の間合いが一気に縮まり、佃埜の豪剣が小籐次の破れ笠目掛けて振り下ろされた。

小籐次の革足袋がしっかりと地面を捉え、滑るように佃埜一円入道の内懐に入り込み、一気に次直が引き抜かれて、巨軀の喉元に走った。

うっ

という呻き声の先は、喉を斬り裂かれて声にならなかった。

立ち竦む佃埜一円の傍らを走り抜けた小籐次の口から、

「来島水軍流流れ胴斬り」

の言葉が吐かれ、その背で、

どさり

と巨軀が倒れ込む音がした。

巻末付録

高尾山で滝行に挑む

文春文庫・小籐次編集班

「赤目小籐次様にもの申す」

若い修験者の一人が問いかけた。

「いかな問いや」

小籐次は若い修験者に叫んだ。

「修行を続けるわれらとて、琵琶滝に打たれるは四半刻が限りにござる。赤目様はすでに一刻を瀑布に揉みしだかれて平然としておられる。その法とはなんぞや」（本文より）

高尾山中の琵琶滝に打たれ、修験者たちを瞠目せしめる胆力を示した小籐次。一刻（二時間）も滝に身をさらす、というのはどれほどの驚異なのか。片鱗だけでも、ぜひ体験してみたい。

「それ、自分がやりたいです！」

と勢い込んで名乗りを上げたのは、小社営業部で小籐次シリーズを担当するＫ君。

「滝に打たれるのは上手いッスよ。一度、白糸の滝でやったことありますから」

滝に打たれるのに上手下手があるのか、いまいちよくわからないが、その意気大いによし。Ｋ君は一八〇センチ、九〇キロの偉丈夫。妻と娘とゴルフを愛する三十五歳。日々、文春文庫の販促に東西を駆け回り、小籐次に懸ける情熱は誰にも負けない。

小籐次が世話になった高尾山薬王院有喜寺は、天平十六年（七四四）に行基によって開山された、真言宗智山派三大本山のひとつ。実は、今も琵琶滝（ならびに蛇滝）を「水行道場」としており、初心者を対象に指導もおこなっている。「神道のみそぎ（神仏に祈願するため冷水を浴び、心身の穢れを去って清浄にすること）同様、仏教でも垢離《こり》と呼ばれ、日本古来の山岳信仰に由来する滝への崇拝と結びついたのが『瀧行』であります」（薬王院ホームページより）。

なるほど、ここはぜひともＫ君にも、今一度心身とも清らかになったうえで、まっさらな気持ちで小籐次に取り組んでもらおうではないか。

というわけで五月中旬の朝、京王電鉄高尾山口駅に三人の男女が集合した。本日の主役・営業K君、編集Mこと筆者、そして「何か面白いものが見られるらしい」という噂を聞き、スケッチブック片手に駆けつけた横田美砂緒さん（小籐次シリーズカバー装画担当）。前日の雨模様から打って変わって天気は快晴。予想最高気温は二五度。まずは上々の滝行日和だ。

高尾山（東京都八王子市・標高五九九メートル）といえば、都内で育った人には「小学校の遠足で登る山」として馴染み深い。その登りやすさと、新宿駅から電車で一時間弱という交通至便も相まって、アウトドア入門編として抜群の人気を誇っている。高尾山を擁する明治の森高尾国定公園には、年間二百六十万人が訪れるという。ミシュランの発行する日本旅行ガイドでは富士山と並んで堂々の三つ星を獲得、今や日本を代表する観光地だ。

実際、今日も平日にかかわらず、駅前は人でごった返している。目立つのは中高年のグループだが、若いカップルや外国人の姿もある。手にストック、足は登山シューズという本格的な登山スタイルから、ジーンズにスニーカーの軽装まで、出で立ちはさまざまだ。

高尾山の登頂ルートはいくつもある。一般的なのは、途中をケーブルカーやリフトでショートカットできる1号路。夏は、ケーブルカーで登ってすぐのところにビアガーデンが開業し、大いに賑わう。

我々が行くのは、駅から程なくして左に分岐する6号路だ。別名「自然研究路」という通り、沢沿いの野趣あふれる道行きを楽しめる。

道中、K君が、奥さんに滝行をすると告げたところ「ふーん、欲にまみれたアナタにはいい機会なんじゃない？　ま、ガンバッテ」と言われた、とこぼす。ずいぶんクールな反応だ。君、何か悪さをしたのか。

「いろいろあるんスけど、特にゴルフの練習に行ってばかりなのがまずいんですかね。最近不調なんですよ。滝に打たれて、スコアアップのお願いをしようかな」

……K君よ、滝行は何かをお願いするものではない。むしろ、そういう煩悩を洗い落とすためのおこないだと思うのだが。

などと喋りながら6号路を行くこと二十分。道の右奥に滝が見えてきた。琵琶滝だ。落差は六、七メートルほどだろうか。滝壺は低い位置にあるらしく、ここからは見えない。心なしか、滝から涼風を感じる。手前には不動明王を祀ったお堂。反対側には滝行の受付などがある事務棟。

時刻は十時二十分。ここからはK君一人が赴く。「じゃあ、修行してきます」と言い残し、K君は事務棟に入っていった。以下、K君のリポート。

控え室には僕が一番乗りでした。しばらく待っていると、続々と修行仲間が部屋へ。男

女それぞれ十二名くらいずつでしょうか。結構多いんだなあ。

いちばん目立っていたのは、五十代とおぼしき社長率いる五人組。社員で滝行とは、なかなか気合いに満ちた会社です。「お前ら、しっかり声を出すんだぞ！」と、社長さんの檄が飛びます。

六十代のご夫婦もいました。謹厳実直なかんじのご主人と、優しい雰囲気の奥さま。仲睦まじそうなご夫婦が、なぜに滝行？　我が夫婦のように何か問題でもあるのでしょうか。

あと、二十代前半とおぼしき、可愛らしい女の子の二人組。二人ともマスクを外しません。実はお忍びで来ているタレントさんなのではないか？……などと想像が膨らみます。

十一時、指導役のお坊さんの説明が始まります。大きくてゴツい、まさに小籐次に挑んだ修験者のような迫力。最初に持病がないかの確認。心臓が悪い人は、修行中に動けなくなってしまうことがあるそうです。何だか心拍数が上がってきました。琵琶滝の滝行は座って行うと、ここで知りました。

お坊さんは、「南無大聖不動明王《なむだいしょうふどうみょうおう》」をとにかく唱え続けなさいとおっしゃいます。「南無」は〝帰依します〟、すなわち「(高尾山に祀られている) 大聖不動明王に帰依します」の意味。繰り返し発声練習をします。前出の社長さんが「南無大聖不動明王！」と甲高く絶妙な節を効かせます。滝行中に組む、指を絡めた印相も教わります。滝水を頭に浴びたら危ないので、肩に浴びるようにと注意。脳や頸椎が冷えて、動けなくなってしまう可能

お堂の横から琵琶滝を望む。ここから先は修行者以外立入禁止だ

性があるそうです。
　お坊さんいわく「滝に打たれることによって、身体に染み付いた穢れを落とします」。
　よし、清らかに生まれ変わった僕を、嫁に見せてやる！

　この間、横田美砂緒さんと筆者は外で待っていた。小さなスケッチブックを取り出した横田さん。滝を見つめながら、軽快に筆ペンを走らせる。スケッチはいつも筆ペンでするという。筆者は携えてきた『孫六兼元』のゲラ刷りの、滝行の場面を読み返す。

　滝が星明かりに見えた。
　滔々と流れ落ちる数条の滝の下に、水に打たれる修験者たちの白衣がかすかに闇に浮かんで見えた。

そう、小籐次が滝行をおこなったのは丑の刻(午前二時)過ぎだった。星明かりの下、白衣がぼうっと浮かび、聞こえるのは水の打つ音だけ——身の引き締まる、荘厳な光景だ。などと想像をめぐらしていると、お坊さんに率いられた修行者一行が事務棟から姿を現した。おお、K君も白い行衣に身を包んでいる(あとで聞いたが、下にはパンツのみ穿いている)。なかなか凜々しい、奥さんに見せたい……と言いたいが、何だか湯上がりバスローブ姿のようだ。ちょっと帯の位置が高すぎるのではないか。修行者の姿を撮影することは禁じられているので、横田さんのスケッチでK君の勇姿をお届けする。

まずはお堂に入って、お経を上げます。これを「法楽」といいます。厳しい目の不動明王像が、我々に睨みを利かせます。すごい迫力。とてもじゃないですが「ゴルフが巧くなりますように」などと不真面目なお願いを言い出せそうなお方ではありません。

次に、皆がほうきとバケツを持ち、滝の周囲を掃き清める。これが長い。延々二十分くらいやっている。形だけのものかと思っていたが、実に真剣だ。冷水を浴びる前の準備運動という意味合いもあるのだろう。見ている横田さんも筆者も、いつしか無言になる。最後に「南無大聖不動明王、エイッ!」というかけ声とともに、全員で一斉にバケツの水を撒く。これを繰り返すこと八回。いよいよ入滝だ。K君が滝壺へと足を進め、我々の視界から消えた。

僕がトップバッターでした。まず、塩で身を清めます。そして滝壺の手前で体に水をかけます。右足、左足、右手、左手、全身の順番。そして柏手とともに「南無大聖不動明王」を七回唱え、一礼し、いざ滝の下へ――。

ウッ、水が冷たい！

凄い水圧!!

K君の逞しい後ろ姿（横田美砂緒・画）

い、息ができない……。

これ、水温は十度くらいなんじゃないのか？

気力を奮い起こして滝の真下の石に座り、右脚を左脚の上に乗せます。つまり右脚だけ組んだ状態。指で、先ほど教わった印相を組む。あまりの冷たさに思考が飛びそうになる中、教えられた段取りをこなします。

そして、必死で「南無大聖不動明王」を大声で唱え続けます。そもそも、大声を出さないと呼吸できないのです。きっと、ヒドイ顔をしていることでしょう。修行の様子が横田さんやMさんから見られないようになっているのは幸運だったかもしれません。何を考える余裕もないまま、二分ほど過ぎた頃でしょうか。お坊さんから肩を叩かれました。終了の合図です。あまりの辛さに、ゴルフの願い事などすっかり忘れてしまっていました。とにかく、寒すぎる……。

我々のいる場所からは、「南無大聖不動明王」を唱え続けるK君の声が聞こえていた。時々、それに混じるお坊さんの「声が小さい！」という叱咤も。

たしかに、K君の声が聞こえたのはせいぜい二分ほどだった。わりとあっけない。小籐次のように二時間、とはいわないが、頑張ろうと思えばもう少し頑張れるだろう……。

が、滝壺から上がってきた全身ずぶ濡れのK君を見て、ちょっと息を呑んだ。放心状態、放心状態、という形容がこれ以上ふさわしい姿もなかなかない。ごく短時間に、気力を振り絞った男の顔をしている。事務棟で着替えるべく、我々の前を震えながら無言で通り過ぎていく。妙に気圧されて、とっさにかける言葉が見つからず、ゆっくり着替えてきなよ、と言った。十分後、着替えを終えて出てきたK君。お茶を一杯いただき、初夏の陽光を浴びて、人心地ついたようだ。顔はツルンとしている。ど、どうだった？

「いや〜、スッキリしましたよ！　自分は清らかに生まれ変わりました！」

満面の笑み。生まれ変わった部分を探そうと、横田さんが画家の目でK君をじっと見つめる。これといって見つからなかったようで、筆ペンは動かない。

「外見ではなく、心が清らかになったのです。それがし、ただ無念無想に身を晒しただけにござる、ゆえ——」

と小籐次の言葉を借りて鼻をうごめかす。そう言われてみると、いつも眠そうなK君の眼が、少々透明度を増したような気がしないでもない。男子三日会わざれば刮目すべし、次に佐伯泰英さんにお目にかかったときは、一皮剝けたK君の姿に驚いてくださるかもしれない。

「小籐次のご縁で、本当に貴重な経験をさせていただきました。ありがとうございます。改めて小籐次の凄さがわかりました。……でも、滝行なんてやった人はなかなかいないでしょうし、呑み屋のおねえさんに話したら、ウケそうですよね。フッフッフ」

全然清らかになってないぞ、K君。


【高尾山薬王院公式ホームページ】http://www.takaosan.or.jp/

本書は『酔いどれ小籐次留書　孫六兼元』（二〇〇六年二月　幻冬舎文庫刊）に
著者が加筆修正を施した「決定版」です。

DTP制作・ジェイ エスキューブ

文春文庫

孫《まご》六《ろく》兼《かね》元《もと》
酔《よ》いどれ小籐次《ことうじ》（五）決定版《けつていばん》

定価はカバーに表示してあります

2016年7月10日　第1刷

著　者　佐《さ》伯《えき》泰《やす》英《ひで》
発行者　飯窪成幸
発行所　株式会社　文藝春秋

東京都千代田区紀尾井町 3-23　〒102-8008
TEL　03・3265・1211
文藝春秋ホームページ　http://www.bunshun.co.jp

落丁、乱丁本は、お手数ですが小社製作部宛お送り下さい。送料小社負担でお取替致します。

印刷・凸版印刷　製本・加藤製本

Printed in Japan
ISBN978-4-16-790653-5

佐伯泰英
文庫時代小説
全作品チェックリスト

2016年7月現在
監修／佐伯泰英事務所

掲載順はシリーズ名の五十音順です。品切れの際はご容赦ください。
どこまで読んだか、チェック用にどうぞご活用ください。
キリトリ線で切り離すと、書店に持っていくにも便利です。

佐伯泰英事務所公式ウェブサイト「佐伯文庫」 http://www.saeki-bunko.jp/

キリトリ線

居眠り磐音 江戸双紙 いねむりいわね えどぞうし

双葉文庫

□① 陽炎ノ辻 かげろうのつじ
□② 寒雷ノ坂 かんらいのさか
□③ 花芒ノ海 はなすすきのうみ
□④ 雪華ノ里 せっかのさと
□⑤ 龍天ノ門 りゅうてんのもん
□⑥ 雨降ノ山 あふりのやま
□⑦ 狐火ノ杜 きつねびのもり
□⑧ 朔風ノ岸 さくふうのきし
□⑨ 遠霞ノ峠 えんかのとうげ
□⑩ 朝虹ノ島 あさにじのしま
□⑪ 無月ノ橋 むげつのはし
□⑫ 探梅ノ家 たんばいのいえ
□⑬ 残花ノ庭 ざんかのにわ
□⑭ 夏燕ノ道 なつつばめのみち
□⑮ 驟雨ノ町 しゅううのまち
□⑯ 螢火ノ宿 ほたるびのしゅく
□⑰ 紅椿ノ谷 べにつばきのたに
□⑱ 捨雛ノ川 すてびなのかわ
□⑲ 梅雨ノ蝶 ばいうのちょう
□⑳ 野分ノ灘 のわきのなだ
□㉑ 鯖雲ノ城 さばぐものしろ
□㉒ 荒海ノ津 あらうみのつ
□㉓ 万両ノ雪 まんりょうのゆき
□㉔ 朧夜ノ桜 ろうやのさくら
□㉕ 白桐ノ夢 しろぎりのゆめ
□㉖ 紅花ノ邨 べにばなのむら
□㉗ 石榴ノ蠅 ざくろのはえ
□㉘ 照葉ノ露 てりはのつゆ
□㉙ 冬桜ノ雀 ふゆざくらのすずめ
□㉚ 侘助ノ白 わびすけのしろ
□㉛ 更衣ノ鷹 きさらぎのたか **上**
□㉜ 更衣ノ鷹 きさらぎのたか **下**
□㉝ 孤愁ノ春 こしゅうのはる
□㉞ 尾張ノ夏 おわりのなつ
□㉟ 姥捨ノ郷 うばすてのさと
□㊱ 紀伊ノ変 きいのへん
□㊲ 一矢ノ秋 いっしのとき
□㊳ 東雲ノ空 しののめのそら
□㊴ 秋思ノ人 しゅうしのひと
□㊵ 春霞ノ乱 はるがすみのらん
□㊶ 散華ノ刻 さんげのとき
□㊷ 木槿ノ賦 むくげのふ
□㊸ 徒然ノ冬 つれづれのふゆ
□㊹ 湯島ノ罠 ゆしまのわな
□㊺ 空蟬ノ念 うつせみのねん
□㊻ 弓張ノ月 ゆみはりのつき
□㊼ 失意ノ方 しついのかた
□㊽ 白鶴ノ紅 はっかくのくれない
□㊾ 意次ノ妄 おきつぐのもう
□㊿ 竹屋ノ渡 たけやのわたし
□51 旅立ノ朝 たびだちのあした

【シリーズ完結】

キリトリ線

キリトリ線

□ シリーズガイドブック「**居眠り磐音 江戸双紙**」**読本**（特別書き下ろし小説・シリーズ番外編「跡継ぎ」収録）

□ 居眠り磐音 江戸双紙 帰着準備号 **橋の上** はしのうえ（特別収録「著者メッセージ&インタビュー」
「磐音が歩いた『江戸』案内」「年表」）

□ 吉田版「**居眠り磐音**」**江戸地図** 磐音が歩いた江戸の町（文庫サイズ箱入り）超特大地図＝縦75cm×横80cm

鎌倉河岸捕物控 かまくらがしとりものひかえ　ハルキ文庫

□ ① **橘花の仇** きっかのあだ
□ ② **政次、奔る** せいじ、はしる
□ ③ **御金座破り** ごきんざやぶり
□ ④ **暴れ彦四郎** あばれひこしろう
□ ⑤ **古町殺し** こまちごろし
□ ⑥ **引札屋おもん** ひきふだやおもん
□ ⑦ **下駄貫の死** げたかんのし
□ ⑧ **銀のなえし** ぎんのなえし
□ ⑨ **道場破り** どうじょうやぶり
□ ⑩ **埋みの棘** うずみのとげ
□ ⑪ **代がわり** だいがわり
□ ⑫ **冬の蜉蝣** ふゆのかげろう
□ ⑬ **独り祝言** ひとりしゅうげん
□ ⑭ **隠居宗五郎** いんきょそうごろう
□ ⑮ **夢の夢** ゆめのゆめ
□ ⑯ **八丁堀の火事** はっちょうぼりのかじ
□ ⑰ **紫房の十手** むらさきぶさのじって
□ ⑱ **熱海湯けむり** あたみゆけむり
□ ⑲ **針いっぽん** はりいっぽん
□ ⑳ **宝引きさわぎ** ほうびきさわぎ
□ ㉑ **春の珍事** はるのちんじ
□ ㉒ **よっ、十一代目!** よっ、じゅういちだいめ
□ ㉓ **うぶすな参り** うぶすなまいり
□ ㉔ **後見の月** うしろみのつき
□ ㉕ **新友禅の謎** しんゆうぜんのなぞ
□ ㉖ **閉門謹慎** へいもんきんしん
□ ㉗ **店仕舞い** みせじまい
□ ㉘ **吉原詣で** よしわらもうで

□シリーズガイドブック「鎌倉河岸捕物控」読本（特別書き下ろし小説・シリーズ番外編「寛政元年の水遊び」収録）

□シリーズ副読本 鎌倉河岸捕物控 街歩き読本

シリーズ外作品 ハルキ文庫

□異風者《いひゅもん》

交代寄合伊那衆異聞《こうたいよりあいいなしゅういぶん》 講談社文庫

□①変化《へんげ》
□②雷鳴《らいめい》
□③風雲《ふううん》
□④邪宗《じゃしゅう》
□⑤阿片《あへん》
□⑥攘夷《じょうい》
□⑦上海《しゃんはい》
□⑧黙契《もっけい》
□⑨御暇《おいとま》
□⑩難航《なんこう》
□⑪海戦《かいせん》
□⑫謁見《えっけん》
□⑬交易《こうえき》
□⑭朝廷《ちょうてい》
□⑮混沌《こんとん》
□⑯断絶《だんぜつ》
□⑰散斬《ざんぎり》
□⑱再会《さいかい》
□⑲茶葉《ちゃば》
□⑳開港《かいこう》
□㉑暗殺《あんさつ》
□㉒血脈《けつみゃく》
□㉓飛躍《ひやく》

【シリーズ完結】

長崎絵師通吏辰次郎《ながさきえしとおりしんじろう》 ハルキ文庫

□①悲愁の剣《ひしゅうのけん》
□②白虎の剣《びゃっこのけん》

キリトリ線

キリトリ線

夏目影二郎始末旅　なつめえいじろうしまつたび　光文社文庫

□①**八州狩り**　はっしゅうがり
□②**代官狩り**　だいかんがり
□③**破牢狩り**　はろうがり
□④**妖怪狩り**　ようかいがり
□⑤**百鬼狩り**　ひゃっきがり
□⑥**下忍狩り**　げにんがり
□⑦**五家狩り**　ごけがり
□⑧**鉄砲狩り**　てっぽうがり
□⑨**奸臣狩り**　かんしんがり
□⑩**役者狩り**　やくしゃがり
□⑪**秋帆狩り**　しゅうはんがり
□⑫**鵺女狩り**　ぬえめがり
□⑬**忠治狩り**　ちゅうじがり
□⑭**奨金狩り**　しょうきんがり
□⑮**神君狩り**　しんくんがり

【シリーズ完結】

□シリーズガイドブック　**夏目影二郎「狩り」読本**（特別書き下ろし小説・シリーズ番外編「位の桃井に鬼が棲む」収録）

秘剣　ひけん　祥伝社文庫

□①**秘剣雪割り**　悪松・棄郷編　ひけんゆきわり　わるまつ・ききょうへん
□②**秘剣瀑流返し**　悪松・対決「鎌鼬」　ひけんばくりゅうがえし　わるまつ・たいけつかまいたち
□③**秘剣乱舞**　悪松・百人斬り　ひけんらんぶ　わるまつ・ひゃくにんぎり
□④**秘剣孤座**　ひけんこざ
□⑤**秘剣流亡**　ひけんりゅうぼう

古着屋総兵衛初傳 ふるぎやそうべえ しょでん

新潮文庫

□光圀 みつくに （新潮文庫百年特別書き下ろし作品）

古着屋総兵衛影始末 ふるぎやそうべえかげしまつ

新潮文庫

□①死闘 しとう
□②異心 いしん
□③抹殺 まっさつ
□④停止 ちょうじ
□⑤熱風 ねっぷう
□⑥朱印 しゅいん
□⑦雄飛 ゆうひ
□⑧知略 ちりゃく
□⑨難破 なんぱ
□⑩交趾 こうち
□⑪帰還 きかん

【シリーズ完結】

新・古着屋総兵衛 しん・ふるぎやそうべえ

新潮文庫

□①血に非ず ちにあらず
□②百年の呪い ひゃくねんののろい
□③日光代参 にっこうだいさん
□④南へ舵を みなみへかじを
□⑤〇に十の字 まるにじゅのじ
□⑥転び者 ころびもん
□⑦二都騒乱 にとそうらん
□⑧安南から刺客 アンナンからしかく
□⑨たそがれ歌麿 たそがれうたまろ
□⑩異国の影 いこくのかげ
□⑪八州探訪 はっしゅうたんぼう
□⑫死の舞い しのまい

キリトリ線

密命 みつめい／完本 密命 かんぽん みつめい　※新装改訂版の「完本」を随時刊行中　祥伝社文庫

- □ ① 完本 **密命** 見参！ 寒月霞斬り　けんざん かんげつかすみぎり
- □ ② 完本 **密命** 弦月三十二人斬り　げんげつさんじゅうににんぎり
- □ ③ 完本 **密命** 残月無想斬り　ざんげつむそうぎり
- □ ④ 完本 **密命** 刺客　斬月剣　しかく　ざんげつけん
- □ ⑤ 完本 **密命** 火頭　紅蓮剣　かとう　ぐれんけん
- □ ⑥ 完本 **密命** 兇刃　一期一殺　きょうじん　いちごいっさつ
- □ ⑦ 完本 **密命** 初陣　霜夜炎返し　ういじん　そうやほむらがえし
- □ ⑧ 完本 **密命** 悲恋　尾張柳生剣　ひれん　おわりやぎゅうけん
- □ ⑨ 完本 **密命** 極意　御庭番斬殺　ごくい　おにわばんざんさつ
- □ ⑩ 完本 **密命** 遺恨　影ノ剣　いこん　かげのけん
- □ ⑪ 完本 **密命** 残夢　熊野秘法剣　ざんむ　くまのひほうけん
- □ ⑫ 完本 **密命** 乱雲　傀儡剣合わせ鏡　らんうん　くぐつけんあわせかがみ
- □ ⑬ 完本 **密命** 追善　死の舞　ついぜん　しのまい

【旧装版】

- □ ⑭ **遠謀**　血の絆　えんぼう　ちのきずな
- □ ⑮ **無刀** 父子鷹　むとう　おやこだか
- □ ⑯ **烏鷺** 飛鳥山黒白　うろ　あすかやまこくびゃく
- □ ⑰ **初心** 闇参籠　しょしん　やみさんろう
- □ ⑱ **遺髪** 加賀の変　いはつ　かがのへん
- □ ⑲ **意地** 具足武者の怪　いじ　ぐそくむしゃのかい
- □ ⑳ **宣告** 雪中行　せんこく　せっちゅうこう
- □ ㉑ **相剋** 陸奥巴波　そうこく　みちのくともえなみ
- □ ㉒ **再生** 恐山地吹雪　さいせい　おそれざんじふぶき
- □ ㉓ **仇敵** 決戦前夜　きゅうてき　けっせんぜんや
- □ ㉔ **切羽** 潰し合い中山道　せっぱ　つぶしあいなかせんどう
- □ ㉕ **覇者** 上覧剣術大試合　はしゃ　じょうらんけんじゅつおじあい
- □ ㉖ **晩節** 終の一刀　ばんせつ　ついのいっとう

【シリーズ完結】

- □ **シリーズガイドブック「密命」読本**
  （特別書き下ろし小説・シリーズ番外編「虚けの龍」収録）

小籐次青春抄　ことうじせいしゅんしょう　文春文庫

□品川の騒ぎ・野鍛冶　しながわのさわぎ　のかじ

酔いどれ小籐次　よいどれことうじ　文春文庫

□①御鑓拝借　おやりはいしゃく
□②意地に候　いじにそうろう
□③寄残花恋　のこりはなよするこい
□④一首千両　ひとくびせんりょう
□⑤孫六兼元　まごろくかねもと
〈決定版〉随時刊行予定
□⑥騒乱前夜　そうらんぜんや
□⑦子育て侍　こそだてざむらい
□⑧竜笛嫋々　りゅうてきじょうじょう
□⑨春雷道中　しゅんらいどうちゅう
□⑩薫風鯉幟　くんぷうこいのぼり
□⑪偽小籐次　にせことうじ
□⑫杜若艶姿　とじゃくあですがた
□⑬野分一過　のわきいっか
□⑭冬日淡々　ふゆびたんたん
□⑮新春歌会　しんしゅんうたかい
□⑯旧主再会　きゅうしゅさいかい
□⑰祝言日和　しゅうげんびより
□⑱政宗遺訓　まさむねいくん
□⑲状箱騒動　じょうばこそうどう

新・酔いどれ小籐次　しん・よいどれことうじ　文春文庫

□①神隠し　かみかくし
□②願かけ　がんかけ
□③桜吹雪　はなふぶき
□④姉と弟　あねとおとうと

キリトリ線

キリトリ線

吉原裏同心 よしわらうらどうしん

光文社文庫

- □①流離 りゅうり　□⑦枕絵 まくらえ　□⑬布石 ふせき　□⑲未決 みけつ
- □②足抜 あしぬき　□⑧炎上 えんじょう　□⑭決着 けっちゃく　□⑳髪結 かみゆい
- □③見番 けんばん　□⑨仮宅 かりたく　□⑮愛憎 あいぞう　□㉑遺文 いぶん
- □④清搔 すががき　□⑩沽券 こけん　□⑯仇討 あだうち　□㉒夢幻 むげん
- □⑤初花 はつはな　□⑪異館 いかん　□⑰夜桜 よざくら　□㉓狐舞 きつねまい
- □⑥遣手 やりて　□⑫再建 さいけん　□⑱無宿 むしゅく　□㉔始末 しまつ

□シリーズ副読本　**佐伯泰英「吉原裏同心」読本**

（　）内は解説者。品切の節はご容赦下さい。

安部龍太郎
バサラ将軍
新旧の価値観入り乱れる室町の世を男達は如何に生きたか。足利義満の栄華と孤独を描いた表題作他「兄の横顔」「師直の恋」「狼藉なり」「知謀の淵」「アーリアが来た」を収録。（縄田一男）
あ-32-1

安部龍太郎
金沢城嵐の間
関ヶ原以後、新座衆の扱いに苦慮する加賀前田家で、家老の罠に落ちた武辺の男・太田但馬守。武士が腑抜けにされる世に、義を貫かんと死に赴く男たちの美学を描く作品集。（北上次郎）
あ-32-2

荒俣　宏
帝都幻談（上下）
天保11年、江戸を妖怪どもが襲います。その危機に平田篤胤、遠山奉行らが立ち向かう。下巻では時代を嘉永6年に移し平田銕胤と妻・おちょうが江戸を再び襲う化け物たちと対峙します。
あ-37-2

浅田次郎
壬生《みぶ》義《ぎ》士《し》伝《でん》（上下）
「死にたぐねえから、人を斬るのす」——生活苦から南部藩を脱藩し、壬生《みぶ》浪と呼ばれた新選組の中にあって人の道を見失わなかった吉村貫一郎。その生涯と妻子の数奇な運命。（久世光彦）
あ-39-2

浅田次郎
輪違《わちがい》屋《や》糸里《いとさと》（上下）
土方歳三を慕う京都・島原の芸妓・糸里は、芹沢鴨暗殺という、新選組の内部抗争に巻き込まれていく。大ベストセラー『壬生義士伝』に続き、女の〝義〟を描いた傑作長篇。（末國善己）
あ-39-6

浅田次郎
一刀斎夢録（上下）
怒濤の幕末を生き延び、明治の世では警視庁の一員として西南戦争を戦った新選組三番隊長・斎藤一の眼を通して描き出される感動ドラマ。新選組三部作ついに完結！（山本兼一）
あ-39-12

あさのあつこ
燦　―3―　土の刃
「圭寿、死ね」。江戸の大名屋敷に暮らす田鶴藩の後嗣に、闇から男が襲いかかった。静寂を切り裂き、忍び寄る魔の手の正体は。そのとき伊月は、燦は。文庫オリジナルシリーズ第三弾。
あ-43-8

あさのあつこ
燦　4　炎の刃
「闇神波は我らを根絶やしにする気だ」。江戸で男が次々と斬りつけられる中、燦は争う者の手触りを感じる。一方、伊月は圭寿の亡き兄の側室から面会を求められる。シリーズ第四弾。
あ-43-11

あさのあつこ
燦　5　氷の刃
表に立たざるをえなくなった田鶴藩の後嗣・圭寿、彼に寄り添う伊月、そして闇神波の生き残りと出会った燦。圭寿の亡き兄が寵愛した妖婦・静門院により、少年たちの関係にも変化が。
あ-43-14

あさのあつこ
火群《ほむら》のごとく
兄を殺された林弥は剣の稽古の日々を送るが、家老の息子・透馬と出会い、政争と陰謀に巻き込まれる。小舞藩を舞台に少年の友情と成長を描く、著者の新たな代表作。（北上次郎）
あ-43-12

秋山香乃《かの》
総司　炎《ほむら》の如く
新撰組最強の剣士といわれた沖田総司。芹沢鴨暗殺、池田屋事変など、幕末の京の町を疾走した、その短くも激しく燃焼し尽くした生涯を丹念な筆致で描いた新撰組三部作完結篇。
あ-44-3

梓澤　要
越前宰相秀康
徳川家康の次男として生まれながら、父に疎まれ、秀吉の養子に出された秀康。さらには関東の結城家に養子入りした彼はその後越前福井藩主として幕府を支える。（島内景二）
あ-63-1

青山文平
白樫の樹の下で
田沼意次の時代から清廉な松平定信の息苦しい時代への過渡期。いまだ人を斬ったことのない貧乏御家人が名刀を手にしたとき、何かが起きる。第18回松本清張賞受賞作。（島内景二）
あ-64-1

阿部智里
烏《からす》に単《ひとえ》は似合わない
八咫烏の一族が支配する世界「山内」。世継ぎの后選びを巡る有力貴族の姫君たちの争いに絡み様々な事件が……。史上最年少松本清張賞受賞作となった和製ファンタジー。（東　えりか）
あ-65-1

（　）内は解説者。品切の節はご容赦下さい。

井上ひさし
手鎖心中
材木問屋の若旦那、栄次郎は、絵草紙の人気作者になりたいと願うあまり馬鹿馬鹿しい騒ぎを起こし……歌舞伎化もされた直木賞受賞作。表題作ほか「江戸の夕立ち」を収録。（中村勘三郎）
い-3-28

井上ひさし
東慶寺花だより
離縁を望み決死の覚悟で鎌倉の「駆け込み寺」へ——女たちの事情、強さと家族の絆を軽やかに描いて胸に迫る涙と笑いの時代連作集。著者が十年をかけて紡いだ遺作。（長部日出雄）
い-3-32

池波正太郎
鬼平犯科帳　全二十四巻
火付盗賊改方長官として江戸の町を守る長谷川平蔵。盗賊たちを切捨御免、容赦なく成敗する一方で、素顔は人間味あふれる人情家。池波正太郎が生んだ不朽の〈江戸のハードボイルド〉。
い-4-52

池波正太郎
おれの足音
大石内蔵助（上下）
吉良邸討入りの戦いの合間に、妻の肉づいた下腹を想う内蔵助。剣術はまるで下手、女の尻ばかり追っていた〝昼あんどん〟の青年時代からの人間的側面を描いた長篇。（佐藤隆介）
い-4-93

池波正太郎
秘密
家老の子息を斬殺し、討手から身を隠して生きる片桐宗春。だが人の情けに触れ、医師として暮すうち、その心はある境地に達する——。最晩年の著者が描く時代物長篇。（里中哲彦）
い-4-95

岩井三四二
踊る陰陽師
山科《やましな》卿《きょう》醒《せい》笑《しょう》譚《たん》
貧乏公家・山科言継《ときつぐ》卿とその家来大沢掃部助《かもんのすけ》は、庶民の様々な揉め事に首を突っ込むが、事態はさらにややこしいことに。室町後期の京の世相を描いたユーモア時代小説。（清原康正）
い-61-4

岩井三四二
一手千両
なにわ堂島米合戦
堂島で仲買として相場を張る吉之介は、花魁と心中に見せかけ殺された幼馴染のかたきを討つため、凄腕・十文字屋に乾坤一擲の勝負を仕掛ける。丁々発止の頭脳戦を描いた経済時代小説。
い-61-5

井川香四郎
おかげ横丁
樽屋三四郎　言上帳
江戸の台所である日本橋の魚河岸に、移転話が持ち上がった。私欲の為に計画をゴリ押しする老中に、三四郎は反対の声をあげるが、関わる人物が次々と殺されて――。シリーズ第12弾。
い-79-12

井川香四郎
狸の嫁入り
樽屋三四郎　言上帳
桐油屋「橘屋」に届いた、行方知れずの跡取り息子・佐太郎の訃報。だが、とある絵草紙屋の男を死んだはずの佐太郎と疑う浪人が現れた。浪人の狙いは、果たして。シリーズ第13弾。
い-79-13

井川香四郎
近松殺し
樽屋三四郎　言上帳
身投げしようとした商家の手代を助けた謎の老人。百両ばかり入った財布を放り出して去ったこの男、どうやら近松門左衛門と浅からぬ因縁があるらしい――。シリーズ第14弾。
い-79-14

稲葉　稔
ちょっと徳右衛門
幕府役人事情
剣の腕は確か、上司の信頼も厚いのに、家族が最優先と言い切るマイホーム侍・徳右衛門。とはいえ、やっぱり出世も同僚の噂も気になって…新感覚の書き下ろし時代小説！
い-91-1

稲葉　稔
ありや徳右衛門
幕府役人事情
同僚の道ならぬ恋を心配し、若造に馬鹿にされ、妻は奥様同士のつきあいに不満を溜めている。リアリティ満載の新感覚時代小説！　家庭最優先の与力・徳右衛門シリーズ第二弾。
い-91-2

宇江佐真理
月は誰のもの
髪結い伊三次捕物余話
大人気の人情捕物シリーズが、文庫書き下ろしに！　江戸の大火で別れて暮らす、髪結いの伊三次と芸者のお文。どんな仲のよい夫婦にも、秘められた色恋や家族の物語があるのです……。
う-11-18

宇江佐真理
明日のことは知らず
髪結い伊三次捕物余話
伊与太が秘かに憧れて、絵にも描いていた女が死んだ。しかし葬式の直後、彼女の夫は別の女と遊んでいた……。江戸の人情を円熟の筆致で伝えてくれる大人気シリーズ第十二弾！
う-11-19